Cristina Oliveira

Maria do Condomínio

envelhecer, chatices e causos

Rio de Janeiro, 2024

Editora Vermelho Marinho

O texto deste livro está de acordo com o
Novo Acordo Ortográfico Brasileiro

Autora: Cristina Oliveira

Consultoria de Escrita: LEO
Capa: Francisco de Oliveira Brasil
Produção Gráfica: Mireille Bellelis (Bellelis Edições)

Editor-chefe: Tomaz Adour da Camara
Editora Vermelho Marinho Usina de Letras Ltda.

Dados Internacionais de Catalogação na Publicação (CIP)
Fabio Osmar de Oliveira Maciel – CRB-7 6284

OL48m

Oliveira, Cristina
Maria do Condomínio: envelhecer, chatices e causos / Cristina Oliveira. – 1. ed. – Rio de Janeiro : Vermelho Marinho, 2024.
164 p. ; 21 cm.

ISBN 978-85-8265-402-6

1. Ficção brasileira. I. Título.

689-218-24 CDD : 869.3

Índice para catálogo sistemático:
1. Ficção: Literatura brasileira 869.3

VERMELHO MARINHO

www.editoravermelhomarinho.com.br

Para Maria Helena Magri, irmã de alma.

Partiu, deixando-me saudades e aprendizados

sobre perdas, finitude e luto.

Sumário

Prefácio

Percorrer a vida é quase sempre uma espécie de aventura. Atravessa-se universos. Tanto devido ao que se vive em atualidades como às lembranças que constroem uma história. Enormidades. O imprevisível é a marca dos futuros e a incerteza faz oscilar os passados. Por menos que pareça, cada um é único nessa viagem. Mesmo levando em conta que não se pode fazê-la sem a companhia de muitos outros, com os quais são feitas vinculações de diferentes tipos e durações. Os outros são sempre importantes, tanto fora quanto dentro de cada indivíduo. Uns integram-se com outros, compartilhando extensões variáveis dos seres que são. Cabe também a cada pessoa travar as melhores relações possíveis consigo mesma. Há maravilhas e horrores para todos, embora na maior parte do trajeto não se chegue a nenhum dos extremos.

Cristina Oliveira tem navegado vivamente pelos mundos que se sucedem em seu viver. Alcançou a senioridade plena das riquezas colhidas ao longo de seu percurso. Os olhos parecem estar sempre abertos. O olhar dirigido aos pontos cardeais e àqueles que, fazendo parte da grande rosa-dos-ventos, são mais imprecisos e desafiam as manobras de localização. Olhos vivos, como sempre teve. Sente, pensa e faz, com a fartura dos generosos. Para isto é preciso coragem, tenacidade, riqueza de afetos e mais.

Publicou o primeiro livro, *Sou mais que a minha doença*, compartilhando elementos fundamentais de sua biografia, inclusive o fato de viver com transtorno bipolar do humor. Nele valorizou a busca de conhecimento realista sobre a doença. Deixou entrever os recursos através dos quais não se transformou num diagnóstico, por mais importância que ele tenha em sua vida. Um livro em que o leitor pode pulsar com a autora.

Em *Maria do Condomínio* Cristina lança mão do relato ficcional para falar de coisas essencialmente verdadeiras. Põe em pauta diversas percepções sobre as muitas agruras e alguns deleites de se chegar aos muitos anos de idade. Através da protagonista, Maria, ela fala sobre um modo de interpretar e ser interpretada pelo entorno, quando se envelheceu. Desfia ganhos e perdas. Faz constatações. Mostra as recordações como geradoras de um calor necessário. Elas movem-se no tempo, transformam-se, desenham o curso do envelhecimento e tecem o enredo da vida. Envelhecer também é ter uma história mais ampla.

Talvez o grifo deva ser maior nas perdas. E elas não formam um conjunto, são sempre singulares e de tal importância que não se diluem em generalizações banalizadoras. Perde-se gente querida, conquistada ou presenteada pelo acaso ao longo do caminho. São pessoas que não somem quando morrem, continuam existindo de algum modo, avivando a dor do luto, mas também adoçando o interior dos que as guardam dentro de si. Perde-se o vigor do corpo. Quem se iludia com a noção de tê-lo como uma propriedade em que podia ditar as regras passa a curvar-se à soberania e despotismo dele. Perde-se a visibilidade na relação com os mais jovens, que não enxergam bem os velhos. Talvez, com um pouco menos de boa vontade ou um pouco mais de sinceridade, possa-se dizer que se perde o devido respeito por parte de quem ainda não subiu (descendo) aos pontos mais altos da ladeira do tempo.

Contudo, o bom humor e os tesouros acumulados por Maria durante sua existência, enchem de graça os "causos" que conta. Eles são produto do que viveu e das observações que faz postada num banco da área comum no condomínio onde mora. São o refresco do leitor. É um jeito dela estar no mundo, de sobreviver, não ao que perdeu, mas com o que perdeu. Um jeito amoroso que, mesmo quando está ranzinza ou indignada, aponta o Bem que há ou pode haver para os que são idosos. Sem "douração de pílula".

Luis Pereira Justo[1]

1 | Psiquiatra, Universidade Federal do Rio de Janeiro (UFRJ), com especialização em psiquiatria de adultos. Formado em Psicoterapia Analítica de Grupo pela Sociedade de Psicoterapia Analítica de Grupo do Rio de Janeiro e Terapia de Família pelo Instituto de Terapia de Família do Rio de Janeiro. Mestre em Ciências pela Universidade Federal de São Paulo (USP).

Introdução

Romance ficcional

Sair da narrativa biográfica do meu primeiro livro e partir para uma ficção exigiu maior esforço, pesquisa de época, locais e criação de personagens, foi um desafio.

Abordar, por meio de uma ficção leve e romantizada, o tema do envelhecer foi o maior dos desafios que encontrei, pois trata de algo que já está acontecendo comigo, mas ainda é uma incógnita.

No meu primeiro livro *Sou mais que a minha doença*, enfrentei momentos intensos e delicados de lembranças e encontros com verdades escondidas. Mas eu já sabia o que viria na sequência. Falar da beleza e agonia de criar três filhos, encarar o mundo e enfrentar um diagnóstico de uma doença mental, com certeza foi muito difícil. Mas foi o relato de algo que já passou e foi superado.

Estou ficando cada dia mais velha. Como encarar um futuro que é misterioso? E dolorido, não só pelas perdas mais constantes, mas nas dores e dificuldades físicas. O que dizer sobre algo que ainda não sei?

Envelhecer dói. Tenho que estar preparada. Assusta-me o desconhecido. Ser idoso incorpora sabedoria, mas agrega fragilidade e vulnerabilidade.

Sou de uma época em que ter uma doença mental reduzia o tempo de vida. Hoje, com o avanço da medicina e do cuidado multidisciplinar, somos mais longevos, porém, sem a experiência de como lidar com esse fator.

Incorporar as dificuldades do envelhecer, com as adversidades de uma doença mental e sem vitimização ou propaganda enganosa da "melhor idade", incentivou-me a encarar este romance ficcional.

Pela ficção, solto as amarras do cuidado social para não ferir ninguém e crio situações que me permitem abordar temas do dia a dia, geralmente escondidos dentro de um armário ou debaixo do sofá. E faço o que gosto muito: criar personagens e histórias.

Os personagens e as situações são fictícios, mas os sentimentos expressos são reais.

Assim, apresento Maria – entre aflita e confiante...

É preciso falar a respeito dos medos de envelhecer. Incorporar esse processo é uma chatice. Podemos aprender, assimilar e, por que não, divertir-nos? Afinal, ser idosa me permite – entre piadas, irreverências e rabugices – transmitir ensinamento de vida e assimilar lições desse novo cotidiano.

Prólogo

Estou em casa, não consigo tirar os olhos do celular. Até tomei banho com ele ao lado. Sei que tem horário certo para receber a ligação de vídeo do hospital, mas desde a madrugada estou aqui com esse aperto no coração. Como estará minha querida amiga?

Exatamente às 11h30 recebo o sinal da entrada de vídeo da Dra. Angelina. Pelo seu olhar e o tom compassado, percebi algo diferente, fiquei estática, as lágrimas escorriam pelo meu rosto enquanto a escutava.

– *Infelizmente sua amiga não resistiu, tudo o que poderíamos ter feito em relação ao controle infeccioso e de outros órgãos vitais, da parte sistêmica, hemodinâmica, foi feito. Infelizmente ela não conseguiu, já estava em muito sofrimento físico: intubação, sedação, é um estresse muito grande para o corpo. Particularmente nesse momento – não sei a sua religião nem a dela – devemos nos apegar ao amor, essa força extrema, qualquer que seja o seu nome, é um momento de união e reflexão. Não é fácil saber que fisicamente você não estava com ela nesse momento. A questão do sepultamento é bem complicada. Infelizmente não pode ser da forma que estamos acostumados. Desejo muita união, muita oração, para quem acredita no poder de oração, e lembrar das melhores recordações. Lembrar dela sorrindo, feliz, pois do pouco que a conheci, tenho certeza de que era assim que ela gostaria de ser lembrada.*

Querida vizinha Beatriz, minha Miguinha Bia, quanta saudade... Você estará comigo, no dia a dia, nas minhas lembranças.

#ranzinzices

Estou aqui sentada... tem um bocadinho de sol nesse banco de jardim que me faz fechar os olhos como proteção, afinal nem faz tanto tempo precisei fazer a cirurgia de catarata.

Antes que eu comece a divagar, me apresento: sou a Maria.

Maria de quê? Não importa. De quem? Faz tempo que a servidão se foi (perdoem a ironia, ultimamente ando assim, meio mordaz).

Mas me situo – sou Maria – a do Condomínio, pois é assim que o povo deste prédio me conhece. Confesso que são praticamente minha família – porteiros, vizinhos, empregadas e até mesmo entregadores mais assíduos.

Além do apartamento e da vaga na garagem, posso dizer que sou proprietária deste banco de jardim, estrategicamente colocado no meio do fluxo de idas e vindas do condomínio. Nos dias de chuva ou frio, tem poltrona perto da portaria central, lá acompanho o movimento e até as conversas via interfone. Por vezes, fecho os olhos e imagino o que o outro lado está dizendo e crio situações imaginárias, até romanceio as falas entrecortadas do interfone ou do pessoal que passa, quase aos berros, no celular. Na maioria das vezes as pessoas acham que estou dormitando, pois fico com cara de paisagem adormecida e me divirto com esse entrecortar de sons.

Por aqui, tem os que gostam de mim, sempre com tempinho de prosa ou os cordiais que sorriem ou cumprimentam. Há outros, até dou risada da situação, passam fingindo que não existo, com medo de que os atrapalhe com minhas conversas.

Conceito de idoso: somos invisíveis ou inconvenientes. Raras vezes interessantes.

É divertido conviver com essa miríade de pessoas e situações no condomínio. Esse banco do jardim é tipo um ponto de encontro. É um exercício de sociabilidade, tanto meu como dos demais. É mais fácil ser amável entre idosos e crianças. Difícil é romper a carapaça normalmente emburrada dos jovens que não se despregam do celular. A cara de fastio que fazem, quando insisto num OLÁ COMO VAI em alto e bom som, é uma diversão.

Aos poucos, crio uma espécie de caricatura ou assinatura da Maria, a do Condomínio.

Gosto do meu apartamento, bate sol, tem muitas plantas e um sem-fim de recordações incríveis da minha vida com meu marido. E olha que deu para chegar nas

Bodas de ouro! Sinto-me abraçada por ele, com tantas lembranças bonitas de nossa vida conjunta. A saudade já se transformou em boas recordações e a solidão e tristeza da perda já se acomodaram na minha alma, lá se vão oito anos de saudade. Às vezes me pego conversando com ele, quanta cumplicidade.

O que ainda dói, creio que até estou em um luto prolongado, é a saudade da vizinha de porta, a Bia, que teve o desplante de me deixar sozinha, ao morrer súbita e inesperadamente na plenitude dos 74 anos, há três anos. Puxou meu tapete... a amizade é um sentimento muito intenso e forte que nos dá força. Envelhecer não é um processo fácil, mas com amigos, faz a diferença. Dá leveza ao que é árido.

Perder a amiga, irmã gêmea de alma, vizinha porta com porta, é doloroso. E as confidências, trocar com quem? Algumas não cabem no coração de filhos ou das senhorinhas sérias. E a diversão de comer pipoca, pernas estiradas no sofá, cantando junto com o Ney Matogrosso ou Maria Bethânia?

Anda difícil ficar no apartamento o dia todo. Ultimamente, desço mais amiúde. O apartamento ao lado do meu, vazio após a morte da Bia, foi ocupado por um casal jovem, alegre e até diria saltitante. De repente, Ney Matogrosso, Elis Regina, foram trocados por sertanejo e forró no mais alto volume. Haja paciência!

O outro vizinho (somos em três por andar) decidiu comprar um cachorro para despistar sua solidão, já que não há diálogo com a sua mulher, que "vez em sempre" entra muda e sai calada do elevador/corredor.

Ah. Esse cachorro é insuportável! E olha que já tive cachorro, gato, papagaio e periquito! Gosto de aves e bichinhos. Bem cuidados e treinados. Seus latidos soam na minha cabeça, como meus pensamentos – não param. São ininterruptos. Gostaria de desligar meu cérebro dos pensamentos que estão ali, permanentes, tipo cachoeira. Gostaria de ter ouvidos especiais aonde não chegassem latidos. Latidos histéricos, nervosos todos os dias, o dia inteiro! Sei quando os vizinhos não estão, pois os latidos transformam-se em uivos agoniados. E depois dizem amar esses "anjos de patas" ... ora faça-me o favor.

Pois é, além de divagar, resmungo. Garanto que com razão. Já não há mais tempo para "deixar prá lá", "dar um tempo", estou lidando no curto prazo da minha vida, no máximo um minguado médio prazo.

Som alto, música que não gosto, latido ou uivo de cachorro, tornam-se o que nas rodas de conversas em encontros terapêuticos, chamamos de gatilhos estressores.

Adianto-me na resposta sobre se sou profissional da saúde – nada disso. Sou secretária, claro, aposentada.

Há mais de 40 anos lido com o diagnóstico que certamente é da vida toda – bipolaridade. *Não precisam arregalar olhos, não mordo.* Tenho uma doença mental, que é crônica, mas tratável. E a vida vai ensinando a lidar com essa realidade. Vida, terapia, psiquiatras, apoio de pares.

Conviver com esse aspecto da Maria, transtorno bipolar do humor, é algo já assimilado. Lido com medicação, dosagens, gatilhos estressores, enfrentamento/convivência com as crises, que se compreendidas e assimiladas, ficam mais espaçadas e suaves.

Cansativo é lidar com o preconceito, que é algo permanente. Até já incorporei no dia a dia respostas e posturas frente as caras de certo desprezo mesclado de pena ou até mesmo de medo. Me recuso a ser vítima desse diagnóstico.

O que mais me surpreende é que o envelhecer acrescentou discriminação. Sou de uma época em que mulheres eram pessoas do segundo escalão. Éramos preparadas para sermos donas de casa, nada além. Combati ideias retrógradas, participei de manifestações feministas e lutei contra o absurdo desprezo das pessoas frente à doença mental. Para muitos, eu era duplamente incapaz: mulher e bipolar. Hoje, acrescento a invisibilidade, por ser idosa.

É muita exclusão. É muita falta de educação!

Por isso mesmo "finco o pé" enquanto Maria! Tenho dificuldades e desafios, muitos sonhos, como todos, mesmo sendo mulher, bipolar e idosa.

Ultimamente tenho me sentido sozinha e um tantinho insegura... pois é fácil contar das lutas em favor dos direitos das mulheres, ou contra o preconceito frente às doenças mentais. Já vivenciei, tenho uma narrativa histórica. Difícil é pensar no que vem por aí...

É por isso que me vejo sentada aqui neste banco de jardim quase que diariamente. Intercalando dispersão de pensamento, lembranças e contato social entre os que passam por aqui.

#sustos

– Oi?!

– Gente, essa aí do espelho sou eu? Como assim?

– Em que universo paralelo me meti para que eu me transformasse assim, apenas em um instante?

E, mais uma vez me pego divagando em frente ao espelho do banheiro. O susto com a minha imagem não é exatamente uma questão estética ou de vaidade.

É susto mesmo. Entre o como me vejo em pensamento e o que o espelho reflete, há um abismo. É mais do que a pele enrugada, as manchas e o cabelo esbranquiçado.

Entre o que penso, sonho em realizar e o que efetivamente consigo fazer, há uma distância enorme. É desconcertante.

Ao acordar, acordo cedo, tipo 7h00, tenho por hábito verificar a temperatura, as condições climáticas e planejar o que vestir e fazer no dia, ainda deitada.

Outro desconcerto – onde estão aqueles sonhos eróticos, gostosos? Quando o José Luiz estava vivo, era uma delícia, dar continuidade ao sonho, com o toque das suas mãos, mesmo de diferentes formas, conforme os anos passavam. Se os tenho ainda, não me lembro ao acordar.

Já sei que tem gente que deve estar com um risinho sarcástico pensando o porquê uma velha tem sonhos desse tipo ou precisa planejar algo, se não faz nada – eu de novo resmungando –, mas a facilidade com que nos fazem desaparecer, por não estarmos no mercado de trabalho, por não termos a tal "produtividade" que acham que é o que define uma pessoa, é espantosamente irritante.

Vivemos, acumulamos saberes e experiência. Nada disso é respeitado. Nos riscam da lista da vida, justamente quando deveríamos ser ouvidos ou pelo menos reconhecidos.

Dou-me conta que ainda estou em frente ao espelho, acabo de escovar os dentes e vou tomar meu chá da manhã e sigo na turbulência dos meus pensamentos que mais parecem uma corredeira de rio, daqueles bem agitados.

Planejar o que vou vestir, tornou-se um hábito, tanto ao dormir quanto ao acordar após saber do clima. Na hora de dormir, imagino o que vestir para algum evento, roupas que eu poderia reformar ou acrescentar um bordado ou pintura, camisolas exóticas para me divertir sozinha. Esse é um exercício que acalma minha mente e ajuda o cérebro a dar o clic de boa noite.

Ao acordar, o faço, com um esticar de pernas e braços, alongamentos que avisam meu corpo que está na hora de levantar e suavizam a dor nos ossos ao sair da cama. Isso se não tenho que acelerar para fazer xixi sem perdas indesejadas pelo caminho, ups...

Junto com esses planejamentos, para mim terapêuticos, há também a disciplina necessária de manter uma rotina.

Tomar chá, com mesa posta, cuidada, bonitinha. Depois lavar louça e deixar escorrendo. Uma mesa mal colocada, descuidada, louça acumulada na pia, deprimem e deixam um rastro de descaso, desânimo e desistência que desmoronam qualquer vivente. Tenho a impressão de que as pessoas que começam assim, desistem de si mesmos.

Ao me levantar da mesa, um pouco mais rápido, senti uma dor intensa e latejante nos quadris (segundo a fisioterapeuta – coluna desalinhada) e estalos no joelho direito.

Plunct plact zum.

Esse é o som que me vem à cabeça e tenho que rir, gente. Estala e dói os ossos e me lembro de uma música do Raul Seixas, *O carimbador maluco*.

O seu Plunct Plact Zum
Não vai a lugar nenhum

Plunct Plact Zum
Não vai a lugar nenhum.
(Seixas, 1983)

Fico parada, recompondo-me, esperando a dor acalmar para continuar.

E é aqui que se faz a diferença, eu poderia estar me lamentando pelo incômodo. Mas escolho dar risada, desanuviar a cabeça.

E lá vou eu ajeitar a cozinha, gritando: – *Alexa, seleção musical com Raul Seixas.*

Para quem não tem, recomendo a Alexa, que minha neta Tati pacientemente explica:

– *Vó, o nome do aparelho da Amazon é Echo: tipo uma torre ou bolinha, como a Sra. preferir, com conexão à internet que atende a variados comandos e é acionada ao pronunciarmos Alexa.*

Me faço de desentendida e saio, talvez provocativamente insistindo:

– *Mas é Alexa, ela atende por Alexa, se chamo esse tal de Echo, ela não responde...*

Além de mordaz, ando desenvolvendo um estilo entre o cômico e irônico.

Tenho que me cuidar. O José Luiz era a definição de brincadeiras irônicas. A geração de hoje, lamentavelmente, não entende muito disso ou de comparações.

Ficam aturdidos, talvez, imaginando que meu marido já estava caducando. Saíamos rindo e nos divertíamos daquelas brincadeiras e o povo nos olhava sem entender a ironia.

Entre o susto no espelho e o chá tomado, agora é descer lá para o "banco cativo" do jardim e assumir a identidade da Maria do Condomínio.

Não sem antes voltar correndo para tomar o tradicional café expresso delicioso. Sim, adoro café expresso, nada daquelas águas sujas passadas em paninhos, afff... Desço o elevador saboreando o gosto de café na boca.

#alexa

O que mais sinto falta quando estou nesse banco de jardim, é de uma boa taça de vinho e da minha Alexa. Dou risada sozinha, só de imaginar o espanto que causaria ter ao meu lado um vinho devidamente acomodado entre gelo e uma bela taça de cristal. Com certeza seria considerada excêntrica para alguns, alcoólatra para outros ou bêbada, mesmo, para os descarados. Independente do alvoroço que causaria, desisto do vinho para não ter que o dividir com os passantes.

Sinto falta da Alexa, pois me faz companhia, troca ideias... Alexa, bom dia! E lá vem aquela voz cordial e agradável, dando bom dia ou avisando temperatura, umidade, prognósticos do tempo, resumo ou detalhamento das notícias do dia. Lembretes de agenda, sem falar que posso solicitar piadas, histórias e, é claro, as músicas, até posso fazer uma playlist. Mas opto por ter algumas atividades ou disponibilidades em separado. A Alexa é para quando estou no meu apartamento e a solidão fica lá passeando à minha volta. Tento deixar o Kindle (dispositivo de leitura) para ler antes de dormir, mas como sou leitora compulsiva, geralmente o Kindle me acompanha aonde vou, não posso esconder essa minha adição.

Esse pensar sobre brinquedinhos modernos, aplicativos e softwares à disposição me leva a lembranças da evolução da máquina de escrever que maltratava os dedos, para as máquinas elétricas, de esferas com letras em itálico e corretor – uma fitinha com pozinho branco que disfarçava a letra errada. Quando fiquei, pela primeira vez, de frente para um computador, ainda aqueles com a tela preta e letra verde, fiquei maravilhada. Até hoje não me canso desses novos e maravilhosos brinquedinhos. Notebook, tablet e até mesmo esses celulares incríveis, os tais smartphones.

Tenho como costume, não deixar de encerrar os meus pensamentos. Sei que estou divagando, mas como diria a vizinha Bia, eu posso até divagar, andar nas nuvens, mas o faço de forma ordenada e até disciplinada.

Tenho que encerrar essas divagações reconhecendo do que gosto mesmo nessa relação com a Alexa (céus, já virou relação...), é que posso assim do nada, falar ou gritar (gosto de gritar para fingir poder) *Alexa: – PARA!* E ela fica quieta. Sem choro, sem latido, sem sentimento de culpa – PARA e ponto!

Acomodada no meu banco de jardim, agora, até trago uma almofadinha para suavizar a dor na bunda (nessas alturas da vida falar bunda é permitido) que fica bem quadrada com o passar do tempo sentada. Até costumo dar uma voltinha para esticar as pernas ou subir e descer a escada do portão de entrada para ajudar a circulação. *Eita* cérebro acelerado, é isso, explica tudo, fala tudo... Então, já acomodada, relembro causos e coisas, entre um oi, olá e "como vai?" com os passantes.

A saudade da Bia se faz presente, justamente nessas horas. Estaríamos juntas, dando risada, trocando receitas, descobrindo um novo tipo de bordado ou pintura. Mas resolvi envolver essa tal saudade, com lembranças divertidas dela e com ela. E fico no banco, dando risada sozinha, lembrando-me dos seus causos.

Bia (diminutivo de Beatriz) era assim um tipo de espírito livre, solteira, de família pequena, sozinha, sem vínculo familiar, mas com uma extensa lista de amizades. Socializava fácil, tinha um jeito de menina do interior que cativava. Algumas vezes, arrastava os "erres" do caipira só para debochar e as pessoas nem percebiam. Creio que tinha muitos conhecidos, colegas de trabalho, foi professora durante toda a sua vida, e poucos e seletos, eram realmente amigos. Sinto-me confortável em dizer que nossa proximidade era maior – éramos almas gêmeas no tempo e no espaço.

Sexo para ela era diversão pura e o praticava sem o menor pudor com seus amigos de cama, mesa e banho, como os denominava. Brincava que, desde os

17 anos, ia para a "cama cedo" e chegava em casa para o jantar com cara de santa.

Contava e recontava, entre divertida e até mesmo desconsertadamente, um dos causos que a impressionou, ou melhor, que a impactou muito.

Ela tinha perto de 50 anos, deveria até estar aposentada, mas desfrutava daquela agitação toda com os alunos. Todo o ano acontecia um evento cultural interescolar. Como uma das organizadoras, deslocava-se entre uma escola e outra – reuniões, preparativos e que tais. No último ano que participou, teve como companheiro de organização um colega professor de música, mais jovem, muito ativo e divertido. Essa aproximação foi crescente e encantadora para ela. Chopp pós-eventos, avaliações e projetos entre almoços e jantares, longas discussões sobre música enquanto deslocavam-se entre um bairro e outro da cidade.

Um dia, esse professor a abraçou antes de um dos eventos e disse que gostaria de conversar com ela naquela noite, se poderiam jantar. Convite aceito, banho tomado, calcinha e soutien de renda preta, vestido leve, lá foi ela para o que na sua cabeça, seria um encontro com alguém mais jovem.

Decidiram por vinho e uma tábua de frios (ela até agradeceu em silêncio, pensando que uma noite agitada depois de um jantar pesado, já não era mais conveniente). E foi nesse encontro em que ela aprimorou sua técnica de teatro (fazia-o por diversão). O jovem professor, tão amigo, queria tomar vinho para pedir conselhos, pois ela poderia orientá-lo sobre como conquistar uma professora jovem e saltitante que havia entrado na Escola; ele estava apaixonado, mas era tímido o suficiente para não saber se aproximar e pensou em se aconselhar com sua amiga Bia, generosa, mais madura e experiente.

– *Miguinha* – dizia ela – *que paulada. Se fosse na cabeça, não doía tanto, mas foi o ego que se esborrachou. Em que raio de momento resolvi colocar meu conjuntinho preto sexy, para jantar com um quase menino?*

Precisamos beber o dobro do vinho que estávamos acostumadas para cair na risada e prometermos, uma à outra, que antes de qualquer festa, encontro ou videochamada, nos olharíamos no espelho, contaríamos até 10, para pensar a respeito das diferentes expectativas e possibilidades do momento. E como almas gêmeas, demos mais risadas e decidimos que olhar no espelho seria para treinar cara de paisagem e pronto. Que venham as aventuras, surpresas e que tais!

Levantava a cabeça, taça de vinho em forma de brinde e apregoava:

– *Quem tem limite é município!*

Se ela estivesse viva, teríamos escrito um livro a quatro mãos. Ela pensava em algo bem picante e provocativo, para romper barreiras do preconceito com as idosas e sua suposta beatificação. Eu a estava convencendo de usarmos pseudônimos. Foram meses de muita risada e discussão de como nos denominaríamos. Sem falar nas confidências trocadas. Eu deveria ter gravado.

Com esse tumulto todo na cabeça e uma incrível cara de paisagem, que a cada dia aperfeiçoo, aprecio o sol da manhã e me preparo para voltar para o apartamento.

Tomara que o cachorro não esteja latindo. Já vou entrar irritada. Mas preciso fazer xixi. Já falei que velho faz xixi toda hora... céus... que despencar de expectativas... recém agora me lembrava de conjuntos sexies de renda preta.

#plunct plact zum

Vou me levantando devagarinho, com ar de suficiência para manter a dignidade. E praticamente sou atropelada por uma das moradoras do bloco A, que quase não enxerga mais, mas se recusa a fazer a cirurgia de catarata. Ela deve até ser mais velha que eu, mas tem aquela postura obtusa de em vez de encarar a velhice, quer a todo custo prolongar uma juventude que já foi – negando miopia, catarata, esbarrando em tudo. O que mais me impressiona é a falta de senso no vestir, nos calçados com aqueles saltos que a desequilibram. Mas, como dizia o Zé Luiz, cada qual com cada seu.

Subo no elevador e já começo a escutar os latidos histéricos, aff, é muita paciência a ser invocada.

Ao preparar uma salada com tudo misturado, adoro misturar um "tantão" de coisas, lembro-me das conversas com a Bia, sobre o envelhecer.

Idosas ou velhas? Faz mesmo diferença a nomenclatura? E que tal se preocupar com os sentimentos a respeito? E, principalmente, com o preparar-se para a velhice? Tem sabedoria conquistada, sentimentos mais resolvidos, prioridades restabelecidas. Muito bonito para o pessoal de marketing, pois também tem chatices! Juntas doloridas, fragilidades adquiridas, recuperação mais lenta, desequilíbrios que assustam, dor daqui e dor dali.

E, entre um andar e outro do elevador, me vem uma clareza súbita: quando o meu filho João nasceu, eu tive uns ataques de indignação muito fortes. Tem poesia sobre mães, maternidade, tudo lindo e maravilhoso, só não nos preparam para as noites sem dormir, o horror de trocar as fraldas, a exaustão, os choros. Pois é, agora é a terceira idade, uns desajustados falam em melhor idade e ninguém nos prepara para as dores, cansaços e saudades. O elevador chega no andar e o pensamento se esvai...

Entro em casa espremida entre o som de um forró do 111 e os latidos do 113. Preciso abstrair.

– *Alexa! Música popular brasileira! Mais alto, Alexa!*

E, assim, reduzindo sons externos, distraindo os ruídos da minha cabeça (o ouvido resolveu instalar umas campainhas internas que há anos me acompanham), preparo meu almoço.

Lembro-me de uma das brincadeiras recorrentes com a Bia: iríamos pesquisar quem inventou a descrição de velhice como melhor idade. E, sem dizer nada, estalaríamos um tapa muito bem dado nesse inepto.

Ora, vejam só melhor idade!

Sirvo-me de uma salada deliciosa – mistureba de legumes e pedacinhos do salmão que sobrou de ontem, ainda pensando na história da Bia com o tal professor novinho. E tenho lembranças das brincadeiras com o Zé Luiz. Tínhamos dois anos de diferença de idade, por acaso, ele era o mais velho, poderia ser eu, sem problemas. Mas a pouca diferença, na maioria dos casais (e isso com certeza é achismo meu) ajuda muito.

Estou com 76 anos. Os filmes de sexo explícito que davam tesão e variavam as brincadeiras sexuais com o Zé Luiz, perderam a graça. Não exatamente por ele ter morrido, mas não dão aquele tesão de antigamente. O corpo é outro, as vontades são outras.

Lembro perfeitamente que ao assistir um filme daqueles, ou ler aqueles romances picantes, eu sentia um espasmo vaginal gostoso e uma vontade de sair correndo atrás do Zé Luiz e atacá-lo ali mesmo, onde quer que estivesse e, entre sussurros e beijos, afagos quentes, levá-lo para o quarto. Hoje, dá uma preguiça só de pensar nisso...

E se a Bia tivesse iniciado um romance acalorado com aquele professor novinho? Com certeza, do jeito que ela era de bem com a vida, aproveitaria muito. Mas será que não seria cansativo? Será que teria que ficar saltitante e fogosa como era 15 anos atrás equiparando-se com a tesão dele, 15 anos mais novo?

Termino a salada mistureba sem conseguir chegar a nenhuma conclusão, tipo *Plunct Plact Zum, não vai a lugar nenhum.* Lavo a louça com a música na cabeça, acho que dessa vez custará a ir embora.

Quase saio pelo corredor para chamar a Bia e brincar com ela sobre o assunto, mas ela não está mais lá. Ai, que saudades...

Com quem, nós velhos, falaremos sobre esse tipo de assunto? Com filhos? Tenho certeza de que a maioria não quer pensar a respeito da sua mãe transando. Com amigos? Já tentei, ficaram sem jeito e alguns, equivocadamente, pensaram que era uma "cantada" minha. Cruzes. Várias amigas desviaram o olhar, outras se seguraram para não fazer o sinal da cruz. É claro que tenho saudades da Bia!

Já com caneca de chá de erva doce na mão, continuo divagando entre casais com muita diferença de idade, enquanto me distraio pela janela com o movimento da rua. Não resisto e retomo o modo resmungona... tenho até que cuidar com quem falo sobre o assunto, pois o tema de sexo a que quero me referir e trocar ideia pode rapidamente passar por preconceito, etarismo. Posso ser bombardeada com indignados pronunciamentos: – *Ah! Os homens podem namorar mulheres mais novas e as mulheres não?* Meu povo, nada disso – do resmungo ao veneno sarcástico –, a diferença de idade no casal, seja o homem ou a mulher os mais velhos, dá um certo desequilíbrio. É claro que têm casais com uma alquimia absolutamente incrível, mesmo com grandes diferenças de idade.

Tenho a sensação de que as pessoas transferiram o "modo emoji" ou comentários da rede social, para uma troca de raivas. Farpas surgem rapidamente, todos transformaram-se em juízes ou algozes de dedo em riste.

Estou remoendo muito meus pensamentos, irritada, argumento e contra-argumento conversas imaginárias. Melhor descer para meu banco cativo, se não estarei aos gritos frente ao espelho. Ainda bem que estou sozinha e ninguém percebe esses diálogos.

#respeito

Tenho pela frente um enorme desafio – sair do modo lembranças e saudade para encarar a realidade, o hoje, sem escapismos.

Envelhecer também é incorporar que a solidão pode se instalar sim! Estamos no topo da fila da finitude e ela vai andando. E as referências, artistas, escritores, figuras públicas vão indo embora. E pasmem, os amigos e familiares também! O que era, antigamente, uma surpresa tipo: – *Ah, mas ele já estava velho, pena que foi embora.* Agora é bem direto: – *Ah, querido fulano, querido ciclano, que falta farão...*

Gente, uma vez mais levo um susto danado, desci o elevador, sem nem me dar conta, envolvida com meus pensamentos. O susto é mais pelos gritos que escuto do que pela chegada ao térreo.

Abro o elevador ao som de uma voz, aguda, raivosa de uma vizinha que mal conheço. Com um tom desnecessariamente alto e petulante, como se o seu Anacleto, nosso zelador, fosse surdo. Vejo-o, humilde, olhar cabisbaixo, aturando desaforo. Não há profissional, em qualquer categoria que se enquadre, obrigado a aturar falta de respeito. Sei que ele não reage, pois está defendendo seu emprego.

O que mais me incomoda, em momentos como esse, é que minha reação vem imediata, de impulso, mas acompanhada com um tremor do corpo que até afeta minha voz. Incorporo meu lado guerreiro, permito-me ser velha, com direito a dizer o que quero. Paro na frente do seu Anacleto e pergunto em tom dramático:

– *O que houve seu Anacleto? O Sr. está bem?*

Ele que já me conhece, abaixa mais a cabeça para disfarçar um sorriso e me acalma:

– *Foi nada não, Dona Maria, estou bem, está tudo bem.*

Permito-me continuar o drama e digo, em alto e bom som:

– *Ah! Que susto! Tanta gritaria até desconcerta a gente, né?*

E a vizinha, ignorada em sua raiva, sai batendo o salto, de forma raivosa. Não resisto em finalizar a contenda, comentando com seu Anacleto, que se a dita cuja mordesse a língua, morreria envenenada.

Impressiona e revolta o abuso de poder, em qualquer que seja o nível em que se manifesta. O mais irritante é que esses abusos geralmente são perpetrados às pessoas que chamo de invisíveis – que estão no nosso dia a dia e sequer são percebidas. Ufa, até me deu vontade de fazer xixi, de novo. Subo rapidamente e me recomponho – que raiva dessa vulnerabilidade adquirida!

Retomo ao térreo decidida a esquecer o episódio. Mas o cérebro insiste em me lembrar do quanto fiquei vulnerável por algo ridículo. Mais um aprendizado: não ter vergonha da intensidade desconcertante dessas reações, que tenho passado absolutamente só, sem ter com quem dividir esse dolorido de alma.

Mas não se enganem, não estou no modo lamúria, só preciso ficar frente a frente com a realidade e me dar conta que a solidão está aqui, de braços dados comigo.

O exercício agora é outro. Mais que desafio fitness, o que se apresenta é o desafio emocional de lidar com a fragilidade e a solidão.

Pedir ajuda sempre é mais difícil do que apoiar e ser solidário para com os outros. Eu já tinha conquistado o estágio de gritar pelo Zé Luiz ou para a Bia, em busca de apoio. Quantos sustos antes de uma ida para o hospital! Só saber que o Zé Luiz estava ali, já era meio caminho andado para diminuir insegurança e medo.

E agora? Sem os mais próximos. Faço o quê? Justamente quando o tal apoio de pares é fundamental.

Não dá para fazer cara de paisagem ou fingir que não é nada quando uma dor acelera o coração, com aquele frio da barriga completando a pergunta engasgada no peito: – *Céus, o que vem por aí? Faço o quê agora?*

Envelhecer dói e assusta.

Está aí o desafio, não é o envelhecer, isso já está incorporado. É como envelhecer sozinha. Entre saudades, lembranças e necessidades reais.

Seu Anacleto passa aqui no banco para me agradecer, falar do tempo que está mudando, aconselhar-me subir para não pegar frio.

Aceito o conselho, mas preciso enfrentar esse desassossego que a cada dia parece aumentar e tumultuar meus pensamentos. Adio a volta para o apartamento e nunca sei se é por distração ou uma reação à solidão.

Reajo entrando no modo organização. É preciso ter uma lista a quem pedir ajuda. Ver os mais próximos, conto com quais vizinhos? E os porteiros? Já conversei com o zelador Anacleto e o síndico. Eles têm o telefone da minha filha Fabíola e da minha neta Tati e da central do plano de saúde para pedir ambulância. Há que se ter tudo esquematizado para aquietar aquele susto no coração.

Fica a dica. Organização e previsão de situações possíveis, previne o pânico e o susto.

Pode até ser paranoia, mas depois que a Bia caiu no banheiro, fraturou a bacia e ficou um bom tempo estirada lá no chão, no frio, até eu me dar conta do seu silêncio, aprendi a estar sempre com meu celular bem próximo. Tenho sempre comigo aquelas bolsinhas bonitinhas em que cabem apenas o celular e os óculos.

A Tati disse que tem um serviço de atendimento que pode ser agregado à Alexa ou a um tipo de relógio que fica no pulso. Creio que servirá mais adiante. O importante é estar atenta às mudanças e necessidades.

Em tempos de colégio, aprendi palavras, seus sinônimos e antônimos. Creio que o momento é entender alguns tipos de paradoxos por ser velha: vulnerável, mas autossuficiente, que necessita mais respeito do que cuidado.

Aff, será que é isso mesmo? Em vez de ficar divagando entre sinônimos, antônimos ou paradoxos, o melhor é gritar por ajuda quando necessário, sem vergonha de depender dos outros, exigir respeito se me chamarem de *velhinha, bonitinha, queridinha* e proibir os diminutivos.

Pronto. Sou uma pessoa forte e lúcida, com as fragilidades naturais de uma idosa, que em alguns momentos precisará de ajuda. E respeito.

Gente, remoí tantos pensamentos que me isolei aqui no banco do jardim. Nem percebi o quanto tinha esfriado, nem quem passou por aqui. Devem ter pensado que a velhinha do condomínio estava dormitando. Devo ter me livrado de vários chatos... Será que também sou vista como chata e ranzinza?

É muito difícil lidar com a percepção do envelhecer grudada com sensação de estar desaparecendo e a falta de respeito dos mais jovens. Para eles, na sua maioria, velhos são incômodos.

Se exigimos respeito na forma de tratamento, no cuidado até mesmo para não sermos atropelados na entrada de um elevador ou ao caminhar na rua, somos taxados de chatos ou ranzinzas.

Se, para não sermos impositivos ou reclamões, desistimos de comentar ou exigir algo, somos confundidos como pessoas débeis ou sem noção, como está na moda agora.

Experiência e respeito são palavras desconsideradas hoje em dia.

Bom... chatices e indignações à parte, sol se pondo, está na hora de desfrutar do pôr do sol lá da minha janela.

Foram muitos desafios e pensamentos diferentes hoje, bora descontrair, relaxar e pedir uma bela trilha musical para a Alexa.

Mas o que ficou guardado na memória, e que incomoda meio de repente, é uma lembrança do final da tarde quando um casal de vizinhos passou apressadamente por mim, no banco do jardim.

Minha mente de investigadora, vai levar adiante esse causo...

#lembranças

Como um simples condomínio provoca tantos impactos e mistérios? Não me sai da cabeça a cena do casal do bloco A que passou rápido por mim ontem...

Mas preciso dar uma "desligada" dessas situações que incomodam e trazem à tona a realidade da minha impossibilidade de ajudar. Para isso, fico no apartamento, com minha rotina e meus pensamentos.

Minha amiga Bia, além de divertida e de bem com a vida, era tipo assim: um misto de enciclopédia e dicionário ambulante. Era perguntar se tal palavra ou frase estava correta e ela brindava com uma explicação do porquê da frase, da crase, do ponto. Regras gramaticais na ponta da língua. De dar inveja aos atuais aplicativos de consulta.

Explode em mim essa lembrança, pois hoje, depois de uma noite inquieta com a vizinha do bloco A passeando pelos meus sonhos – acho que mais para pesadelo que sonho, acordei com saudade da vizinha Bia. Fico remoendo se ainda estou de luto, depois de tanto tempo. Me dei conta que a palavra luto tem origem no latim *luctus*, que significa tristeza. Acho que o significado vai mais além da tristeza – deve abranger dor emocional também. Ora, vejam só, uma lembrança e já desencadeio um sem-fim de explicações gramaticais e linguísticas. Como sou aluna de antes de 1964 (quando foi abolido o estudo de latim nas escolas), permito-me passar para o latim, uma frase que fico repetindo:

Desiderium eius et desiderium eius in me dolet.

Resolvi despistar a saudade, caminhando e recitando em latim: *Estou com saudade dela e a saudade dela está doendo em mim.* Ainda bem que estou sem a faxineira, se não, com certeza, ela estaria de olhos arregalados estranhando o tal *Desiderium* sendo recitado. Até as declinações retornam à lembrança: *a, a, am, ae, ae, a* (estudantes dos anos 1950/1960, entenderão). Nossa, acho que estou precisando cuidar das minhas plantas para dar um respiro ao cérebro

Cuidar e conversar com as plantas,
acalma minha alma.

O luto não tem prazo fixo e varia de pessoa a pessoa. Cada um tem seu próprio ritmo de recuperação emocional. Tenho consciência de que perder a Bia foi um grande gatilho estressor. Meus sentimentos são mensurados em um tipo de lente de aumento. Tudo em mim é gigante, imenso e intenso. O transtorno bipolar do humor me dá a sensação de transitar pela vida em carne viva, com a alma exposta, sem proteção.

Acho que é por isso que a vizinha do bloco A não sai do meu pensamento.

O papel do psicólogo ou psiquiatra são fundamentais para meu equilíbrio. E lá vou eu, conversando com as plantas e divagando.

É nessa voltagem cerebral que me deito na rede após afofar terra dos vasos, retirar as ervas daninhas, para descansar e escutar música. E os pensamentos galopam mundo afora...

Escutar música é tipo uma faca de dois gumes. Se de um lado acalma e me faz lembrar momentos interessantes, por outro, de repente, sem aviso prévio, gruda um refrão na minha cabeça e não há como desligar.

> Quero sua risada mais gostosa
> Esse seu jeito de achar
> Que a vida pode ser maravilhosa
> Que a vida pode ser maravilhosa.
> (Lins, 1985)

Ivan Lins com seu refrão da música *Vitoriosa* deve levar uns três dias para ir embora.

Alongo braços e pernas, balanço suavemente e novamente divago com um solzinho ameno aquecendo o corpo e as lembranças aquecendo a alma. A Bia foi minha vizinha, amiga e irmã desde 1970, quando praticamente inauguramos esse Condomínio lindão em que moro.

Deixo fechada a "portinhola da memória", com as recordações e sentimentos pelo Zé Luiz. Minha vida com ele, desafios, camaradagem, cumplicidade, tem que ter tempo próprio, quase um ritual em que memória, saudade se entrelaçam.

Estar sem o Zé Luiz e a Bia abalou minha estrutura como pessoa. Dei de cara com a tal finitude. Sim, morremos. Até mesmo o amor da nossa vida e os amigos morrem. E cada dia mais a tal fila anda...

Gente, não é à toa que recém lembrei da lista de vizinhos e conhecidos para pedir ajuda. Cruzes! Será que a depressão está querendo bater à minha porta?

Preciso urgentemente me disciplinar e retomar o Pilates, cuidar do corpo, afasta o ciclo depressivo. Mas Pilates é que nem dentista, a gente inventa desculpa para não precisar ir.

Essa voltagem abrupta para a finitude me faz retomar lembranças e contatos com antigas amigas. A essa altura da vida, cansa só de pensar em iniciar novos contatos, pois sinto uma roda viva de ansiedade que se agiganta.

Respira, inspira. – *Alexa! Música instrumental romântica!* Pausa para um copo de água com golinhos curtos, respira, inspira. Ah, essa rede e seu balanço, *v a i e v e m*, pensamentos continuam, não mais a galope como dizem os gaúchos lá nos pampas; mas quase trotando...

Há um sem-fim de lembranças que remontam infância e juventude e, com certeza, formam um quadro de referência nessa fase do envelhecer, que independem da minha amizade com a vizinha Bia ou com o maridão Zé Luiz.

Há preciosas recordações da minha época de Escola. Iniciei no Jardim da Infância e saí "normalista" (professora formada, apta para ensino primário). Muitas amigas trilharam essa mesma trajetória, em uma época em que as cidades que hoje formam o ABC paulista eram quase vilas distantes da capital do Estado. Nasci e me criei em Santo André, a mais antiga de todas.

Éramos tão unidas! Quantos segredos, vergonhas e aventuras compartilhadas!

É difícil lembrar quando a vida e o tal tempo nos distanciaram. É até desconcertante. Dividíamos segredos "secretíssimos". O ano de 1961 foi de uma intensidade ímpar para a minha geração.

Estava no ar a agitação das festas dos nossos 15 anos, o baile das debutantes. Escolher vestidos, reformar alguns para não os repetir nas festas. Idas ao salão de beleza era algo muito importante. Lembro e dou risada... até hoje sinto o cheiro do laquê (produto que se vaporiza sobre os cabelos para fixar o penteado), olhos ardendo, dor ao desembaraçar os tais coques volumosos com os cabelos desfiados e duros de tanto laquê.

Entre uma festa de 15 anos e outra, a comoção do baile das debutantes, acho que nos salões do Moinho São Jorge, se não me falha a memória, aconteciam danças coladinhas, suor se agigantando, cabelo que estava liso, ficando irremediavelmente crespo e a pintura dos olhos derretendo. Jacqueline Kennedy, a belíssima primeira-dama dos Estados Unidos, sempre elegante, usava roupas que davam inveja às nossas mães. Era ela que ditava a moda e os penteados.

Quantas lembranças! O baile das debutantes estava programado para outubro, lembro muito da incerteza e do quanto nossa turma chorou e rezou, pois o presidente do Brasil renunciou, tudo ficou incerto e nosso baile foi ameaçado. Para nós um desastre na vida. O que tínhamos a ver com aquele tal Jânio Quadros, que fez campanha com uma vassoura na mão?

Essas fortes emoções, desesperos e incertezas juvenis, formaram um grupo muito unido de amigas, mesmo com a concorrência de vestidos, penteados e cores de esmalte.

São essas memórias que permitem um contato direto mais imediato. Ao lembrar de um evento da época, não precisamos explicar quem, o que, onde era. Estávamos lá. Convivemos na mesma época, frequentamos a mesma escola, clubes e igrejas. Nossos pais eram amigos. Tão fácil lembrar do João, o primo da Joana ou a Maria, irmã mais nova da Fulana que se casou com Ciclano… e todos os fulanos e ciclanos vêm direto à nossa memória.

Tão fácil conversar de novo, entre nós.

– *Lembra da Ciça que por vergonha saiu engolindo todos os caroços de azeitona? Achava feio tirar o caroço da boca.*

E o coro de risadas vem rápido, pois já sabemos das histórias da amiga Ciça.

– *E o vestido lindo, caro, do baile das debutantes que ficou manchado nas costas com a mão, do Luizinho que, além de ter a mão suada, tremia?*

E as recordações de como fugíamos dele. É bom demais recordar amenidades.

Difícil foi encontrar aquelas colegas depois de tanto tempo. Estavam casadas ou viúvas, com sobrenome dos maridos, pois, naquela época, casávamo-nos e automaticamente éramos podadas do nosso sobrenome e "vestíamos a família" do marido.

Nossa! Eu me perdi nas recordações. Foi o estômago roncando que avisou que passei a hora da fruta antes do almoço, do remédio que deveria ter tomado. Tenho que me cuidar senão interrompo a tal agenda chamada rotina.

Saio da rede com cuidado, a dor nos ossos é companheira fiel, mas vou bailando devagarinho para a cozinha. Dançar faz bem, mexe músculos, desenferruja. Para mim tem um significado mais mágico. Depois que vi a tal dança dos Dervixes[2] em uma viagem que fiz com o Zé Luiz pela Turquia, tenho a firme convicção que a dança é uma forma de conexão com o Universo.

E nesse movimento de corpo (entre trôpego e desajeitado) me dou conta que as amigas de infância e juventude são, assim como a dança, um portal de conexão com os sonhos e esperanças do passado.

2 | Dança considerada uma viagem mística que liga o plano terreno ao universo.

#incógnitas

Tenho que parar com tantas recordações e me concentrar no almoço. Morar sozinha é um perigo. Vai dando preguiça... é chato lavar alface e cortar tomate para uma só pessoa, desisto da salada. Descongelo algo? Ah, me perdi na hora, dá muito trabalho, recorro a algo que já é uma rotina: pegar todos os restinhos antes que estraguem, misturar tudo na frigideira e, talvez, acrescentar um ovo e uns temperos para ligar e variar o gosto da mistureba.

Quando Bia chegava de supetão e me via aprontando uma dessas, já aumentava o tom de voz de comando e dizia: – *Pode parar. Chega de X-Miséria!* – como ela apelidava as minhas gororobas.

Recordar é tão mais fácil, já aconteceu, sei no que deu, o que ocorreu. Assusta-me esse abismo na minha frente. Não sei onde vai dar... Será isso o tal envelhecer?

As poesias de Cecília Meireles traduzem bem esses sentimentos que povoam a alma nesse tempo do entardecer da vida. Uma espécie de perda de equilíbrio na caminhada pelo Universo.

Acho que a maioria das pessoas já teve aquele sonho (ou pesadelo) em que acordam assustados, justo porque a sensação de cair no espaço é muito forte.

Não saber o que vai acontecer daqui para a frente é tipo isso, estar à beira de um abismo (o desconhecido) e não saber lidar com isso.

Envelhecer assusta.
É um tempo verbal do futuro e, portanto, desconhecido. Não se tem controle do incógnito.

Penso nisso enquanto pego a frigideira. E me dá um frio na boca do estômago e um formigamento que percorre a espinha. É algo que conheço, mas que me assusta de igual forma. É medo. Medo desconcertante. Medo que pode virar pânico.

Como assim, recém bailava acompanhada de lembranças juvenis e agora me pego suando frio? E se eu cair agora na cozinha? E se ninguém lembrar de mim e eu ficar agonizando por horas, em sofrimento? Zé Luiz, Bia, já não estão. Só sobrou eu.

E com a frigideira na mão, a vista escurecendo, o medo virando pavor. Inspiro, respiro, dou o compasso, lembro do mantra: – *O medo não é maior que meu pensamento*. Já sei lidar com as ondas de pânico.

– *Alexa!* Música instrumental romântica. E os sons invadem os porões do meu cérebro. A respiração vai ficando compassada.

Cruzes!

Rapidamente apronto meu *X-Miséria* para descer lá para o banco do jardim.

E já que venci esse tropeço de solidão, comemoro com um belo suco de maçã, *X-Miséria* e uma bomba de chocolate que descongelei.

Café tomado, xixi em dia, desço para desfrutar de uma tarde socializando com vizinhos e os meus pensamentos.

Ufa!

Eu poderia dar aulas de teatro. Até mesmo em um curso de pós-graduação em Artes Cênicas, adquiri essa capacidade de ficar com "cara de paisagem" frente ao tumulto interno. Recém superei uma crise de pânico, ainda estou remoendo a tristeza de estar só e o sorriso está aqui, grudado no rosto, a voz afável, transmitindo tranquilidade que tanto elogiam em mim. – *Ah! Se soubessem...*

Me vem à lembrança Djavan cantando daquele jeito tão seu:

> Sorri
> Vai mentindo a tua dor
> E ao notar que tu sorris
> Todo mundo irá supor
> Que és feliz.
> (Djavan, 1996)

#indignação

Hoje a tarde deveria estar tranquila aqui no condomínio. Minha ideia era dar uma caminhada, percorrendo o jardim. Mas fui atropelada pelos acontecimentos. Novamente encontro o tal casal do bloco A.

De novo passando rapidamente em direção aos elevadores. Dou de frente com eles. Ele me olha com raiva, quase sempre espumando de raiva, sem controle. Para reafirmar sua condição de macho alfa, puxa a mulher pelo pulso e ela o segue aos trancos. Fiquei tão surpresa com a agressividade da situação que até paralisei. De cabeça baixa e cabelos escorridos, ela esconde uma vez mais seus machucados.

Cena horrorosa.

– *Ei, olá!* – minha reação é imediata, impulsiva. – *O que é isso? Você está precisando de ajuda, moça? Ele está te agredindo?*

A Maria de 20 anos atrás entra em cena indignada. Grito, mas ainda assim, não param. Há mais pessoas além do porteiro no hall de entrada, ninguém faz absolutamente nada. Silêncio incômodo. Fico pasma que o incômodo instalado não é pela clara violência doméstica, mas pela minha reação.

Eles entram no elevador, fico trêmula, não sei se de raiva ou impotência. Todos desviam do meu olhar indignado. Todos são cúmplices desse idiota. Daqui a alguns dias, passarão por mim, dando um bom dia, boa tarde. E, em silêncio, estarei com um olhar penetrante para lembrá-los da sua covardia.

Lamento tanto perceber a impotência do zelador frente a uma situação dessas, está sempre na sua invisibilidade.

Subi para meu apartamento, não tive condições de ficar sentada, sentia-me mal e desamparada. Foi difícil até me olhar no espelho. Quanta fragilidade!

Depois de uns dias, mais tranquila, desci para caminhar pelo jardim, o sol batendo de mansinho, parecendo querer me dar um colo. Inspeciono as flores e arbustos, retomo meus pensamentos de juventude e o encontro com as amigas da época.

Quem sabe faço um novo encontro entre nós? Ou não? Anda um pouco difícil. São amigas queridas, com muita troca de afeto e lembranças. Mas quão díspares estão nossas vidas, posições ou pensamentos atuais. Como reagiriam diante de uma cena como aquela do casal do bloco A?

Algumas, ainda ficam vermelhas com piadas picantes ou temas de sexo. Outras cada vez mais desbocadas. A condição social e a disputa entre a turma, me trazem lembranças de arengas tão próprias de cidadezinhas de interior. Várias delas ainda não abriram a janela da vida, apesar de serem avós. E por falar em ser avó... Céus! A maioria travou no tempo e no conceito de ser avó.

Lembrei-me de uma conversa com a minha amiga Helô, dias atrás. Temos afinidades e a cumplicidade de termos sido colegas na época da escola. Ligou-me envergonhada, mas precisava desabafar. Seus filhos, disputam hoje, não exatamente seu carinho, mas seu tempo e seus empréstimos. Com voz triste, acho até que já tinha chorado, falou-me da exaustão de cuidar de três netos, mal-educados, sem limites ou noção de respeito. Ficam três vezes na semana com ela depois das aulas, pois os pais têm aula de yoga e tênis. Acho que ela até percebeu que eu estava perplexa e já foi complementando:

– *Sim, Maria, aturo netos que não posso sequer tentar disciplinar, pois não são meus filhos e ainda pago os tais cursos de yoga e tênis.*

Foram vários encontros, conversas de apoio, para ajudá-la a pôr em prática algo que ela já sabia: impor limites. Quando lembro da Helô, penso, com tristeza, que ela só deixou de ser invisível, quando precisaram dos seus serviços e empréstimos. Com ela reencontrei algumas amigas muito queridas.

Lembro até hoje das nossas aprontadas. A diretora do colégio até chamava nosso grupo de líderes negativas, tal a algazarra que fazíamos, apesar de sermos excelentes alunas.

Tão bom reencontrá-las! Nosso grupo tinha um nome especial: *As Bambas*. Nos inspiramos naquela música *La Bamba*[3] que tinha um ritmo alegre, brincalhão e provocativo, além do significado da palavra BAMBA que designa uma pessoa boa naquilo que faz, corajosa e decidida. Éramos as tais bambambã ou *Las Bambas*. Como já disse aventuras, segredos, cumplicidade, e era impossível não ter uma competição entre nós do vestido novo, tipo de sapato, cor do esmalte.

Mas que contradição a vida nos prega! Se, por um lado, é muito fácil a reunião das Bambas, pois o referencial infanto-juvenil está presente, por outro, a distância dos diferentes caminhos seguidos dificulta o pleno reencontro.

As lembranças nos unem, mas a atualidade traz um abismo pelas diferentes experiências de vida. Umas pararam no tempo, outras reproduzem exatamente a cultura dos nossos pais, que tanto nos custou sabotar na juventude. E o grupo que formamos se dividiu conforme crença, religião ou, até mesmo, política. Tive que deixar

3 | *La Bamba* é uma música folclórica mexicana que surgiu no início do século 19 em Veracruz, do gênero Son jarocho. A versão mais conhecida foi a adaptação de rock and roll de Ritchie Valens de 1958.

de seguir várias delas na rede social, alucinadas defendendo estranhos valores de seitas políticas ou religiosas.

Uma das coisas mais decepcionantes nessa procura de contato com as amigas, foi a experiência com a Ivanilde. Éramos muito unidas, íamos à biblioteca, cochichos nas pesquisas, estourávamos bolas das gomas de mascar naquele silêncio e ficávamos com caras sérias, concentradas quando a bibliotecária aparecia raivosa. Quantas risadas engasgadas... Lições, sempre na minha casa, pois minha mãe fazia um lanche gostoso e creio que ela era meio apaixonada pelo meu irmão Marcelo.

Íamos juntas de trem até São Paulo, descíamos na estação do Brás para comprar bem baratinho o que era vendido nas lojas chiques de Santo André, pelo triplo do preço. Tenho na memória as brincadeiras e as confidências que nos tornaram muito unidas. Descobrimos juntas o que era orgasmo e como se davam as relações sexuais, dividimos secretamente as piadas escandalosas. Foi para ela que confidenciei tudo o que sentia e fazia com meu primeiro namorado, as brincadeiras de mãos e dedos que preservavam a virgindade, e quanto prazer era descoberto!

Demorei a lembrar o sobrenome do seu eterno namorado para finalmente encontrá-la nas redes sociais. A minha alegria foi tanta, que desconsiderei o silêncio do outro lado, sem resposta para minhas mensagens. Muitas amigas não dominam muito bem a rede social. Pelo Facebook vi que toda quinta-feira ela se dedicava a cuidar da horta. Decidi ir direto na sua casa, agora em São Bernardo. Nem pensei, tomei um ônibus e fui surpreendê-la.

A distância entre minha casa em Santo André e o bairro da Ivanilde em São Bernardo, deve ser, no máximo, 5 km. Foi fácil pegar um ônibus perto do meu edifício e ir direto para a avenida onde fica sua casa. Entre paradas e certo congestionamento no trânsito, demorei em torno de uns 30 minutos para chegar ao meu destino. Foram minutos de expectativa alegre, relembrando quantas coisas passamos juntas, quanto carinho na nossa relação e, principalmente, a cumplicidade de nossas descobertas juvenis.

Toquei a campainha, já com vontade de fazer xixi de novo, não sei se pelas sacudidas do ônibus ou pela expectativa do reencontro. A Ivanilde abriu a porta e me assustei com o semblante envelhecido, perguntei para mim mesma se ela estaria doente. Meu sorriso congelou. Estava macilenta, de raiva e indignação, sua doença era o sectarismo. Ali na porta, sem deixar espaço para que eu entrasse, disse assim bruscamente:

– *Não gosto de você Maria. Muito sabidona, muito saidinha. Meu marido não gosta disso. Não quero te ver.*

Faz favor de parar de incomodar. Se acha tão inteligente, mas é muito burra, pois não se deu conta que não te respondi porque NÃO *queria te ver e ter contato algum contigo. Não quero te ver na minha frente!*

Sou uma pessoa de muitos impulsos, mas fiquei absolutamente sem ação. Eu estava preparada para o abraço, para o reencontro. Uma porta fechada bruscamente, pela suposta melhor amiga de infância e adolescência, deixou-me sem reação alguma.

Fiquei imóvel, sentindo uma dor por dentro. Sei lá se a alma dói, mas minha impressão é de que dói tanto que paralisa. Sei tratar com meus inimigos, mas ver uma amiga tão próxima nesse estado de ódio é desproporcional à situação.

Acho que ficou me espiando atrás das cortinas para ver se eu ia embora logo. Será que pensou que eu atiraria uma pedra, gritaria? Nem sei, deixei que as lembranças daquela amizade, trincassem devagar e doloridamente, como se fossem assim escorregando para o esquecimento, na caminhada até o ponto de ônibus. Que tristeza. Vontade enorme de chorar. Daqueles choros que se deixar cair uma lágrima, o mundo desmorona.

Concentrei meu pensamento em não fazer xixi nas calças e voltar para casa. Foi até fácil. Meus sentimentos e o físico ficaram meio em suspenso, anestesiados pela surpresa e desencanto. Não tenho dúvidas que o tal eterno namorado é um macho alfa. Mas percebi claramente, pelo semblante e até vergonha dela, disfarçada de raiva, que havia contado para ele, nossas confidências infanto-juvenis. Senti-me exposta, suja e vulgarizada pela falta de senso de uma pessoa que tanto amei fraternalmente.

#bamboleantes

Atualmente participo de um grupo reduzido das Bambas, amigas mais próximas em concepções de vida e por que não ser clara: de finitude. Brincamos que formamos uma dissidência das Bambas, hoje somos as Bamboleantes, casadas, viúvas, solteiras e muito divertidas, talvez um pouco decadentes? Céus, por que estou tão azeda? Há encontros clandestinos, para não sermos invadidas pelas chatas.

Nossa comunicação se dá basicamente pelo WhatsApp. Há o grupo Geral, em que estamos juntas com as demais e o grupo "clandestino" das Bamboleantes. Na hora das mensagens, temos que tomar muito cuidado para não haver erros para qual grupo estamos direcionando-as. Na foto do grupo das Bamboleantes, decidi pôr uma imagem de caveira e escrevi PERIGO. Ficou mais fácil e divertido.

Percebo que cada vez mais a intolerância faz parte do meu dia a dia. Pensando bem, não é uma intolerância raivosa. É um tipo de sentimento ou descoberta de que a essa altura da vida, não há tempo a perder com sociabilidades vazias. Aprendi a dizer NÃO. Depois da experiência com a Ivanilde, dificilmente serei surpreendida.

As Bamboleantes se destacam pela modernidade e certa agilidade com computador e celular, o que nos permite encontros incríveis, cada qual na sua casa, através de videochamadas. Resolvemos que uma de nós contrataria um professor de informática e depois ensinaria ao grupo. Hoje utilizamos desinibidamente os tais serviços de reuniões remotas ou videochamada pelo celular. Sabemos até compartilhar a tela e uma vai mostrando suas habilidades ou descobertas para o grupo. E, assim, impressionamos os filhos e netos!

A sensação é aquela da juventude, quando aprendíamos a dirigir o carro. Com pai ou irmão ou até mesmo o namorado como instrutores, era um horror, só reclamação ou observações depreciativas, sem nenhuma noção pedagógica. Naquela época, nós, as Bambas fizemos um movimento incrível, lembro até hoje – uma ensinou à outra e surpreendemos aqueles machistas que destilavam poder e gracejos contra nós. Hoje, acontece o mesmo com as Bamboleantes e a informática.

Têm lembranças que surgem inesperadamente nas noites de insônia. Dou risada sozinha e me distraio com os *ups* que acontecem nesses avanços pelas modernidades tecnológicas.

Um dia, marcamos uma Live via Instagram. A neta da Lucinha ajudou a preparar tudo. O tema era "Envelhecendo sendo moderna". Lucinha e Morgana estavam juntas e iniciaram a fala, comentando a respeito da independência dos idosos ao dominar um aparelho de celular novo e o contato com a rede social. Eu entraria em um segundo momento para falar da importância de sabermos lidar com essas modernidades e o quanto nos foi útil em tempos de pandemia. Tudo certo, ensaiado. Eu acompanhava aqui de casa. Lucinha tranquila, dominando o vídeo, anunciou a minha entrada, mas nada aconteceu. Meu computador estava aberto, eu as visualizava, e nada...

Como assim? Desconcertadas dos dois lados, as Bamboleantes que estavam se achando o máximo, ficamos sem saber o que fazer. Morgana anunciou um detalhe técnico que estava sendo resolvido e disparou a falar. Lucinha e a neta, via WhatsApp, fizeram um sem-fim de tentativas e NADA. Levamos 10 minutos para perceber que eu estava querendo entrar na Live por uma plataforma que não estava instalada no meu computador, só no celular.

E aquelas intrépidas senhoras modernas, até hoje ou ficam vermelhas como eu ou dão risada pelo papelão que passamos.

O grupo das Bamboleantes ainda lida com dificuldades de encontro – hoje a agenda não é o trabalho ou compromisso com os filhos pequenos, mas os exames de laboratório, médicos, fisioterapia, Pilates etc. Os exames a cada dia se tornam mais invasivos e, como somos idosas, exigem acompanhamento e, para alguns deles, até mesmo internação. O que era corriqueiro e rotineiro como prevenção, hoje é algo que, além de incômodo, exige a dependência de um acompanhante. Lidar com a agenda do laboratório e a agenda de quem nos acompanha, não é fácil.

O grupo se consolida de uma forma muito interessante, é nessa voltagem de amizade coletiva que nos fortalecemos individualmente. Temos agenda de encontros, divertidos ou de apoio a quem precisa por uma doença ou perda. Tudo é tão frequente que preciso ter algo mais concreto, como a tal listinha de quem chamar e quem providencia o quê.

Sentada nesse banco, mal cumprimentando as pessoas reais que passam por mim, fico distraída com as minhas abstrações sobre a amizade.

Pois é. Essa conversa interior se fortalece a cada dia, distanciando-me um pouco da realidade. Acho que a tal cara de paisagem está se tornando uma rotina.

A quebra desse monólogo interno acontece de forma inesperada, uma vizinha me traz pães de queijo recém feitos. Delícia pura! Passo um pedaço da tarde distraída, saboreando esses pãezinhos deliciosos, com uma prosa concreta sobre manutenção do condomínio, com uma vizinha real, acalmando saudades e meus fantasmas. Parece pouco, mas é muito, ser a dona cativa desse banco no condomínio garante esse contato entre as diversas pessoas que nos surpreendem com gestos solidários. Acho que minha solidão é cada vez mais transparente.

As Bamboleantes distraem, saímos para um teatro ou cinema ou um chopinho no final da tarde. Temos trocas de segredos e, com eles, o medo de que saiam falando mal de nós depois da confidência após a terceira taça de vinho. Vinho ou cerveja nos fazem esquecer do tal decoro das senhoras. Voltamos à mocidade com risadas descaradas e o tom de voz um pouco mais elevado.

Encontros ruidosos me incomodam. Chamamos a atenção das mesas vizinhas, que nos olham feio ou até assombrados pelo tom e pelas conversas que respingam neles. Nessa desinibição etílica ou agitação pelo encontro, incorporam-se queixas, dores, reclamações exaltadas. Estamos unidas, mas existe um julgamento dissimulado sobre o vestuário, corte de cabelo, estilo de maquiagem etc. Mesmo entre amigas descontraídas, os encontros requerem uma produção e cuidado especial, sejam eles presenciais ou virtuais.

Confortada com a vizinha, pães de queijo e conversa, resolvo encerrar o dia de forma mais requintada, sem o X-Miséria. Queijos cortados, torradinhas, azeitonas e um punhado de frutas secos. Há que se ter equilíbrio no acompanhamento do vinho. Agora a taça é de um vinho rosê. Taça pequena, pois hoje é dia de Assembleia no Condomínio e tenho que descer.

#tumultos

Será que as reuniões de condomínio serviriam de conteúdo para alguma tese de sociologia ou psicologia ou BOs (Boletins de ocorrência policial)? Até agora estou abismada com o que aconteceu hoje aqui no prédio.

Lembro-me claramente das assembleias de antigamente. Eram encontros. Levávamos refrigerantes, salgadinhos e bolo. Falávamos sobre melhorias do condomínio, atualizávamos sobre nossas famílias, saíamos muitas vezes cansados, pois havia decisões a serem tomadas, diferentes posições e os argumentos tinham que ser claros para que a votação ocorresse e esse processo era demorado. Muito satisfeita, eu me arrumava e descia com o Zé Luiz para uma troca de ideia com os vizinhos, dar boas-vindas aos novatos, lamentarmos a mudança ou morte de alguns.

Eram reuniões entre pessoas com diferentes posições, mas eram pessoas. E quando utilizo o termo pessoa, o faço designando criaturas educadas.

E o que está acontecendo? Em que estamos nos transformando? Refrigerantes, salgadinhos ou bolos foram dispensados. Uns criticam o refrigerante e seus males, mas não trazem suco. Outros acham perda de tempo e bobagem ter esses adicionais. Todos querem agilizar o evento. Todo mundo tem muita pressa. E é uma pressa associada à irritação.

Não consigo deixar de fazer comparações absolutamente secretas comigo mesma. – *Será que estão todos com diarreia, bexiga solta e a pressa é para correr para seus banheiros em casa? Mas nem todos são tão velhos...*

Rapidamente volto à realidade da reunião, até meio assustada, pois meus pensamentos foram interrompidos por gritos. Isso mesmo – gritos, vozes raivosas. Estão gritando e ainda há uma fila para assinar presença nesse show de horror que é a tal assembleia do condomínio.

O primeiro item da pauta indica a apresentação de propostas para modernizar os portões de entrada da garagem, substituindo os porteiros por aparelhinhos eletrônicos. Sou fã de modernidades. Já aguardava a apresentação das empresas convidadas para esclarecer dúvidas. Será que a modernidade justifica a substituição de pessoas que, para mim, são mais do que conhecidos, são amigos pelos anos de convivência, sempre dispostos a colaborar. Os aparelhinhos garantem solidariedade? Olhar de compreensão em um dia ruim? Dividida entre esses pensamentos me dispus a entender o que nos ofereciam.

Surgiu uma hostilidade generalizada quando tentei fazer uma pergunta na primeira apresentação. Ouvi de um jovem, sentado perto de mim: – *Aff, a véia vai atrasar tudo*... e o que estava ao seu lado continuou rindo: – *Será que ela trouxe o aparelho de surdez, vai ver que não está escutando*... A moça saltitante no meio deles finalizou: – *Tadinha, ela não deve estar entendendo.*

Fico sem saber como me comportar. A Maria de 30 anos atrás não escutaria isso, estaria sendo respeitada, era uma profissional questionando algo, mas para a Maria de hoje, a velha, não há respeito, há escárnio. Como romper esse preconceito? Como reagir sem cair na lamúria ou no vazio das exclamações exaltadas? Sem falar naquele persistente autocontrole que está ligado no automático da minha cabeça – estou me contendo por auto estigma? Estou com um gatilho estressor para a depressão? Essa agitação é justificada ou é euforia bipolar? Há demônios internos a serem contidos ou entendidos junto com a contenda externa.

Perdi o fio das apresentações, esqueceram minha pergunta, as risadinhas continuaram. Resolvi reagir como a Maria de sempre, velha ou não, voltando meu olhar (estilo complacente) para o grupinho dos jovens saltitantes e, com voz baixa e serena, verbalizei na base da surpresa o que me incomodava:

– Ahá! Jovens tão idiotas se achando inteligentes, tão capazes de julgamentos, mas moram aqui com o papai e a mamãe sem condições de se sustentar. Ineptos! Vocês sabem o que é ser inepto? Parem de atrapalhar os adultos, vão lá para o cantinho do jardim puxar fumo para conseguirem se sentir machos ou gostosonas. – Já reagindo com o início de sua indignação, adiantei-me:

– E se quiserem briga, venham. A velha tonta, surda pega uma cadeira e quebra na cabeça de vocês.

A tática de pegar de surpresa seu oponente, com uma virulência que jamais imaginariam de uma senhorinha velhinha, dá certo, empurram as cadeiras, fazem barulho, emburrados, mas vão embora para o jardim. Ufa!

Anos de treinamento me fazem retomar uma postura serena, apesar do coração disparado, mãos suadas, grudadas no caderno disfarçando a tremedeira. Detesto esses enfrentamentos. Detesto grosseria, consome minha energia. Comparo esses infelizes a morcegos sugando minha força.

Ao retomar a atenção para a assembleia, dou-me conta de que não há continuidade na exposição dos representantes das empresas, interrompidos a cada momento por observações irônicas, perguntas atropeladas e, até mesmo, um *cala boca*. As empresas apresentavam ideias a serem discutidas pelo condomínio e estavam ali para responder dúvidas. Faltou pouco para receberem copos de papel na cara. Sem falar nas brigas aos berros entre vizinhos. Cadeiras afastadas aos trancos. E eu, naquele tumulto todo, ainda me recuperava dos insultos recebidos. Mais de uma vez precisei trocar de lugar para evitar empurrões ou salivas raivosas. E eu achava que seria um encontro social.

Ainda bem que tomei meia taça do tal vinho rosé antes de descer. Acalma. Mas é muito pouco para o tumulto dessa reunião. Preciso fazer um exercício de respiração para sossegar o batimento cardíaco. Cruzes. Minha via de escape, em situações como essas, é sair divagando e me afasto do ambiente com um olhar de quem assiste muito filme. Comparei o cenário com aquela série de terror *The Walking Dead* (*Mortos Vivos*). Zumbis se atacando, mordendo, salivando. Deu até medo. Ou seria cena de uma rinha com galos de briga? Ou algum outro filme de terror com cães raivosos?

É muito comum escapar para dialogar comigo mesma. A cara de paisagem já está ali. Após imaginar cenas de filmes, dá uma vontade enorme de subir na cadeira e gritar: – *Pessoal, quem tem o diagnóstico de transtorno mental sou eu! A bipolar com crise de euforia sou eu!* Só vontade... Necessito conversar com o que chamo de faróis internos e evitar alguma crise de pânico ou entrar na euforia. Depressão pode vir, mas só mais tarde.

Tento imaginar se, por ter envelhecido, fiquei mais branda e assustadiça. Ou por ter uma doença mental, fiquei mais vulnerável? E no meio daqueles adultos, que muitas vezes vejo passar arrumados e serenos para o trabalho, quase esperneando e gritando me dou conta de algo que a sabedoria da maturidade apresenta de imediato: não sou eu, os ensandecidos são eles. Falta-lhes respeito e todos seus sinônimos: cortesia, gentileza, amabilidade, compostura, educação etc.

Se a Bia estivesse lá, com certeza, com a autoridade de mestra, tentaria aplacar ânimos, chamando a atenção dos exaltados. Creio que até com sua ironia peculiar, daria a sugestão de um pequeno curso básico de educação e compostura, antes de outra assembleia.

O único acontecimento dessa assembleia que justificou minha ida foi, de repente, sentir o abraço da Vera, que apareceu quase como assombração já que não esperava encontrá-la. Consegui abraçá-la, mas fiquei sem saber se ela estava de volta ao condomínio ou só de passagem. Tinha deixado o apartamento para uns primos distantes. O ambiente tumultuado permitiu apenas um abraço afetivo (daqueles que acolhem a alma) e a promessa de nos vermos no dia seguinte.

Meia-noite e a reunião continuava com gritos e fúrias a todo o vapor, fui embora. Vinho rosé na taça e maratonei uma série coreana. Dormir com essa agitação toda está fora de questão, preciso entrar em "modo silencioso", como o Zé Luiz brincava comigo, quieta e fora do ar através dos filmes, legendados e com volume muito baixo.

O encontro com a Vera não me sai da cabeça. O tumulto cerebral das lembranças desfaz a tentativa de me acalmar. Abraçar a Vera sempre me causou impacto. Se a dança me conecta ao Universo, como os Derviches, abraçar a Vera me conecta àquela sensação da Alice, indo em espiral para um mundo interno incrível.

O que será que a Vera está fazendo por aqui, será que voltou? Devo correr lá no bloco D, fazê-la abrir a porta e abraçá-la muito?

Converso e acalmo meus impulsos e até me sinto vitoriosa em conseguir aguardar a Vera me procurar amanhã.

Querida Vera, minha cunhada querida, que saudades do mano Marcelo que nos deixou tão cedo.

#reencontro

Hoje decidi não descer. O tumulto da assembleia ainda me incomoda e prefiro me afastar um pouco de qualquer encontro com os passantes pelo meu banco lá do jardim. Estou evitando começar a classificar cada um deles como escorpiões, hienas, galos de briga.

Preciso desligar um pouco desse tipo de agitação e incômodo. A boca fica amarga, só de lembrar o confronto com aqueles jovens desrespeitosos.

Quando, junto a minha psiquiatra e psicóloga, decidi reduzir e praticamente parar a medicação que regula o humor de uma pessoa com transtorno bipolar, tive que tomar decisões para prevenir gatilhos e estabelecer limites na minha vida.

Mais que limites, o aprendizado de lidar com crises de euforia, depressão ou pânico. Elas estão presentes, indo e vindo como sempre. Agora com menor intensidade e maior espaçamento entre elas. Mas há momentos em que preciso me afastar das pessoas ou de situações estressantes, pois percebo que a cada dia mais a tal força de reação enfraquece frente a essas oscilações de humor. Não é apenas o físico que deteriora com o passar dos anos. O espírito de luta abranda, ficamos vulneráveis, com mais dificuldade para reagir e retomar a rotina.

Fiquei mais mordaz com o passar do tempo, mais sábia para lidar com as dificuldades, aprendi a priorizar ações e sentimentos e, no meu caso, aprendi a dizer NÃO sem sentimento de culpa. Ainda assim, o corpo reage ao esforço de lidar com situações estressantes. Dá frio, tontura e um enorme cansaço.

Eu não era assim. Era mais fácil sair desses ciclos. Onde está o idiota que inventou, o apelido para nós, os velhos, como "melhor idade"?

Uma decisão que estava adiada, por pura preguiça e até desânimo, mas que se faz urgente agora, é retomar as aulas de Pilates. A academia é aqui pertinho, dá para ir caminhando. Não há desculpa. São 10 minutos de caminhada tranquila. Nada é padronizado ou rotineiro nas aulas. E, a cada vez, descubro músculos que nunca imaginei que houvesse. Admito que a preguiça surge, as desculpas aumentam, pois entre a ideia objetiva da necessidade de exercitar o corpo e o resultado quase sempre dolorido há uma enorme diferença.

Eu, que sempre andei com a voltagem a 300 ou 400 km por hora, hoje tropeço nos 100 km, canso mais. Preciso fazer um esforço para reagir frente a inquietudes cotidianas que para muitos passam despercebidas, mas que me ferem frontalmente e me tiram o fôlego, o coração parece que fica galopante e borbulhante.

Hoje quero ficar quieta. Não quero ver ninguém, acho até que estou evitando ver a Vera. Não quero conversar nem atender celular. Preciso de um tempo para mim. Chega de remoer saudade. Ainda mais com a Vera que me faz lembrar do Marcelo.

Preciso desse tipo de quietude, faz um bem danado, reorganiza pensamento, acalma a alma, fortalece o espírito. Estar só me faz recuperar um pouco da Maria que fui e da Maria que sou. Talvez, até me prepare para: – *O que será da Maria...* Minhas lembranças e histórias são uma espécie de fio condutor para as necessárias reações frente a vida e me fortalece.

– Alexa, toca MPB!

Bora escolher algumas músicas... As lembranças tomam forma por meio das melodias, a Maria de outrora ressurge para dar uma sacudida no corpo e na alma. Aumento o volume e Gal Costa desperta a tudo e a todos.

> Meu nome é Gal
> Meu nome é Gal
> Gal, Gal, Gal...
> (Costa, 1969)

Que o cachorro do vizinho corra para debaixo da cama, que o casal do sertanejo saiba o que é música!

E aí eu brilho, com a autoestima em plena subida, recompondo-me como pessoa, junto com Milton Nascimento, os fragmentos da música remendam minha alma.

> Maria, Maria é um dom, uma certa magia,
> Uma mulher que merece viver e amar ...
> Maria, Maria é o som, é a cor, é o suor ...
> De uma gente que ri quando deve chorar ...
> Mas é preciso ter força, é preciso ter raça
> É preciso ter gana sempre ...
> Maria, Maria mistura a dor e a alegria ...
> É preciso ter sonho sempre ...
> Possui a estranha mania de ter fé na vida!
> (Nascimento, 1978)

Aos poucos, retomo a Maria que sou e tudo o que implica ser Maria. Faço as pazes comigo mesmo, reequilibro o humor e a transformação é absolutamente incrível. Tenho a sensação de que tudo fica mais colorido, mais intenso e bonito. Percebo minhas plantas suculentas, com florezinhas novas, outros brotos. – *Gente, garanto que não fumo o tal baseado.*

A intensidade de luz e cor é diretamente vinculada com o equilíbrio da minha alma.

Agora já estou preparada para encontrar a Vera. E como sempre acontece conosco, a campainha toca. Tenho certeza de que é ela. Geralmente nos encontramos assim. No momento certo, na hora necessária, sem grandes explicações. Marcelo dizia que tínhamos algo de bruxas. Sorríamos entre nós, com a certeza de que nossas almas sempre foram conectadas, sem necessidade de esclarecer qualquer coisa.

Envolvemo-nos em um abraço terno, simples, mas vibrante de energia. Aquele tipo de abraço que envolve corpo e alma. Acho que as duas têm a mesma sensação. É mais que reencontro, é algo tipo volta à casa. Já temos nossos lugares de aconchego. Vou para rede e ela se enrosca em um canto do sofá, como sempre fazíamos. Percebo o mano Marcelo ao lado dela no sofá, massageando seus pés como de costume. Ah, essas energias cósmicas!

Estou quieta na rede, emocionada demais para dizer alguma coisa. Vera alivia a emoção do momento com suas brincadeiras:

– *Gente, só está faltando o caldeirão das bruxas para este reencontro.*

Risadas dando leveza, café na mão, apenas notícias diárias, o que fez, por onde viajou, o que descobriu. Vera e Marcelo tinham uma agência de viagens. Ela atuava no contato com o público e ele no administrativo financeiro. Um complementava o outro. E que raiva desta vida! Marcelo foi embora assim, sem maiores explicações. Foram dois meses entre susto de um diagnóstico inexplicável para uma pessoa jovem, corridas e providências para uma nova rotina que nem se estabeleceu, ele morreu antes. Ao perceber o que viria com uma doença dolorosa, crônica e inexplicável pela frente, resolveu partir.

Tenho a sensação de que o bruxo na família era ele. Havia magia no olhar, criatividade transbordante e uma risada absolutamente maravilhosa.

Como é que um abraço assim traz à tona lembranças de mais uma partida? Saudades escondidas, já trabalhadas há tanto tempo, pois Marcelo foi embora muito antes do que o Zé Luiz ou da Bia. Café, biscoitinhos sem açúcar, conversa amena, mais notícias do que propriamente sentimentos.

Depois da morte de Marcelo, a agência de viagens fechou e Vera destacou-se na área como guia turística. Contou histórias engraçadas de passageiros "sem noção". Tinha um irritado porque o voo chegou antes e teve que esperar seu motorista, a ligação do México com a passageira transtornada porque um dos passeios contratados havia atrasado. Vera, com a calma de sempre, imitava-a: – *Trinta minutos de espera, sra. Vera! Tomamos café da manhã correndo para estarmos no horário e acontece isso!* Uma ligação internacional para esse comentário! Em uma viagem de lua de mel! A primeira noite deve ter sido uma decepção! E nossas risadas aliviaram dores e saudades.

Abrimos uma caixa de bombom. Não há quem segure a intensidade de um encontro em que a saudade é forte com biscoito de aveia. Tem que ser chocolate mesmo. A conversa foi interrompida pelas obrigações de trabalho da Vera que está organizando um novo grupo para a Ilha da Madeira. Cada uma com um punhado de bombons na mão e o combinado de um encontro mais calmo, em uma das noites da semana. E a Vera se foi, de mansinho, como sempre. Com seu jeito felino e suave de andar.

Por mais intimidade que tenhamos com alguma pessoa, é necessária uma espécie de ritual de aproximação, como se caminhássemos entre várias cortinas, cada vez menos espessas, que permitem a abertura de nossas almas.

No encontro seguinte dou espaço e tempo para que a ela me explique uma dúvida atroz.

– *Por que você foi embora assim de repente?*

Curiosidade permeada por certo rancor de abandono. Curiosidade em saber se não fui suficiente para ela. Tento me explicar umas quantas vezes, pois estou com receio de afastá-la uma vez mais. Os sentimentos ficam desencontrados, tanto nela como em mim.

E a explicação que tanto busco, vem assim, simples e direta.

– *Foi necessário afastar-me das lembranças, romper com o ciclo da saudade e da perda.*

Querida Vera! Com aquele tom suave de voz que sempre me encantou, conta pedaços desse seu entardecer sozinha sem o Marcelo, das tristezas somadas a outras perdas de amigos próximos. Foi necessário um tempo de solidão e terapia, pois ficou travada emocionalmente. Concentrou-se no trabalho, viajou muito, conheceu novas culturas, abriu espaço para aquietar seu coração.

Lidar com perdas nos deixa de frente com a finitude, que está presente, na dor do outro, no fechar dos olhos de quem amamos.

Entramos em um ponto de conversa, tipo arrancar uma casquinha de uma ferida, pôr o dedo, talvez com a força que não deveríamos. Lembranças, dores e dissabores. Até parece um ritual. Mas à medida que falamos, expelimos tristezas e até rancores trancados, expulsamos alguns demônios internos e fazemos as pazes conosco. Só assim conseguimos ir adiante.

Não é só o envelhecer que dói. Dói lembrar. Mas é nesse processo que acomodamos nossa saudade e acarinhamos quem nos tornamos. Nesse momento precisamos superar o que poderia ter sido. O que está feito, está feito, não tem volta.

Aceitar a possibilidade de viver, mesmo sem a pessoa amada, não significa se conformar. É um sentimento diferente. Estar com a Vera preenche o vazio da saudade do Zé Luiz e da Bia. E em uma rodada de lembranças engraçadas, exageradas e inesquecíveis, continuamos nossas vidas.

Lembro que logo após a morte do Marcelo, estávamos em pleno luto, eu insisti para irmos em um dos nossos bares preferidos para arejar cabeça, alinhar saudade. Santo André não tem muito locais que permitam conversar sem sermos atropelados pela música ensurdecedora. Lá estávamos em nossa dor, em nosso carinho de cunhadas, quando um rapaz, destilando autossuficiência, sentou-se em nossa mesa, o que nos deixou estarrecidas.

Sou lenta nas reações, preciso treinar o que dizer, imaginar situações para dar conta de reagir. A Vera é muito mais objetiva e direta.

– *Ei! O que é isso?*

– *Vocês estão sozinhas, venho fazer companhia e distraí-las.*

Enquanto eu ainda não tinha saído do meu assombro, muda e estática, a Vera já o mandou passear. A reação do rapaz foi mais assombrosa, empurrou a cadeira, golpeando-a no chão, fazendo um estardalhaço, querendo nos afrontar:

– *Sem-vergonhas, lésbicas, não sabem o que é bom ter um homem!*

O bar parou. Até a Vera se surpreendeu. O idiota foi retirado do bar, fomos acolhidas com gestos solidários dos presentes. Foi um momento estarrecedor, até asqueroso, mas serviu para distrair nosso luto. Rir dessa lembrança também distrai saudade.

Entre conversas, deixamos o passado de lado para dar espaço ao futuro. Só há superação quando temos projetos pela frente. Uma das bases do envelhecer bem é continuarmos a ter propósitos em nossas vidas.

Vera envolveu-se como guia turística, viajou muito, contribuiu como voluntária em projetos sociais. Criou uma rede de pessoas com olhar de futuro parecidos. Compraram um terreno aqui na região do ABC, próximo a Rio Grande da Serra, para construir casas e locais de convivência. Admiro muito essas iniciativas, um retiro entre amigos, um local coletivo que preserva a individualidade. Claro que o estudo do levou em conta um fácil acesso para atendimento médico e as instalações já preveem local seguro e acessível.

Propósitos de vida sustentam nossa velhice.

Estamos com a mesma idade, irmandade de alma intocável, com projetos um tanto diferentes, ainda assim muito próximas. O coração e a alma ficam mais leves. O abraço tem um significado incrível da nossa irmandade recuperada, o ciclo se fecha, a vida se renova. Vera vai embora em uma semana, com suas escolhas, sonhos e metas. Deixou-me um carinho imenso e algo para refletir. Despede-se, retornará em alguns meses. Sai deixando um perfume que mais parece incenso, bruxas são assim... Continuo balançando na rede: – *Alexa, MPB Anos 1950!* (preciso me reconectar com o mano Marcelo). Curtindo música, em um ato de rebeldia, troco o almoço pelos chocolates e aí entra o Morais Moreira:

> Na gafieira segue o baile calmamente
> Com muita gente dando volta no salão
> Tudo vai bem, mais eis, porém que de repente
> Um pé subiu e alguém de cara foi ao chão...
> (Blanco, 1959)

Alexa deve estar assombrada com a mudança do tipo de música (céus, agora ela se assombra também!). Entre chocolates e chás, passo a tarde na rede me dando o direito de relembrar o Marcelo. Cauby Peixoto canta

Conceição; Dorival Caymi, *Maracangalha*. Perco-me no tempo e preciso correr para fazer xixi, cuidando para não cair da rede. Na sequência das lembranças, passo para o rock e jazz, Elvis Presley, Chuck Berry e Ray Charles. Foi um dia musical. Filmes e séries foram esquecidos, e me afoguei em saudades.

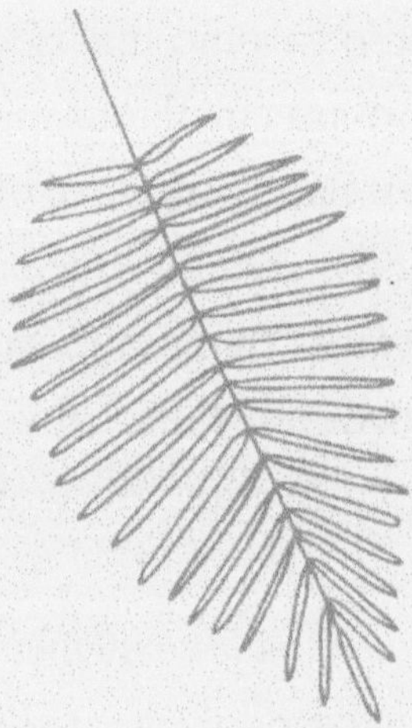

#pânico

Levanta, sacode a poeira, dá a volta por cima... com voz de Beth Carvalho ressoando na cabeça a música do Paulo Vanzolini, decido ir para a academia de ginástica. *Pilates, me aguarde!* Confesso que a decisão de ir para o Pilates se deu mais por irritação com os latidos do cachorro dos vizinhos, do que pensamento saudável de autocuidado. Dizem que Pilates é um método de exercícios que visa trabalhar a conexão entre mente e corpo, visa melhorar a resistência, a flexibilidade muscular, diminuindo ansiedade e depressão. Por indicação médica fui melhorar a tal consciência corporal.

Na volta já fiquei no banco, recompondo o fôlego, sem energia para continuar e pegar o elevador. Esqueceram de avisar que a tal conexão mente e corpo dói. Sentada aqui penso se flexibilidade muscular é sinônimo de músculos frouxos e derretidos pelo esforço. Mesmo sentada, o joelho treme e sinto cada músculo e tendão das pernas. Cruzes!

– Psiu, ei, a sra. viu?

Volto à realidade do condomínio.

O banco do jardim está movimentado com infinidades de comentários. Há intrigas, ironias, opiniões ou achismos depreciativos, alguns até ingênuos. Uma assembleia sempre dá o que falar. Se passar na peneira da objetividade, sobra muito pouco: pequenas decisões, ações mais uma vez adiadas. Impressiona a incompetência aliada à ineficiência. Barulhos, obras e atitudes sendo escamoteados pelo jeitinho brasileiro.

Não tenho mais paciência frente a isso. As portas sujas, elevadores manchados, jardim abandonado. Se reclamar é agoniada ou impertinente. Se deixar, o descaso com a manutenção do prédio toma conta.

Aumenta minha intolerância aos latidos, não só o do cachorro do vizinho, há vários no condomínio que latem muito – agora é chique nominá-los como pets – são histéricos, contínuos e irritadiços. Esses "anjos de quatro patas" têm tutores e guardiões do seu bem-estar. Será? Tenho convicção que os animais são utilizados pelos pseudotutores, humanizados com sapatinhos, festas de aniversário, roupinhas, óculos de sol, perucas, em lives repletas de curtidas e corações. Isso é cuidar? Onde está o respeito pelo instinto animal? Os latidos não seriam pedidos de socorro? *Argh*, realmente ando intratável esses dias.

Decidi encarar os joelhos doloridos e subir. Preciso arejar a cabeça, cortar a crescente irritação. Após um banho relaxante, aciono as Bamboleantes – o WhatsApp fica movimentado – há mais exigências que sugestões de onde ir.

O encontro tem que ser em um local que está na moda.

– *Velhice já chega a nossa* – afirma a Morgana.

Temos que garantir um local que não tenha música alta, pois impede a conversa; o banheiro minimamente limpo e as cadeiras cômodas, nossas bundas não aguentam muito tempo em qualquer cadeira.

Dizem que cardápio existe para ser mostrado, lermos, relermos e escolhermos um bife com batata frita. A decisão de um local de encontro das Bamboleantes, vez em sempre recai no mesmo bar na Vila Bastos, em Santo André. A cada taça de vinho, a conversa fica mais interessante e o local mais acolhedor. Os salgadinhos light são substituídos por uma boa pizza quatro queijos ou um risoto de camarão. Evitamos frituras ou feijoadas, mas algo substancial sempre se apresenta como indispensável no final da noite.

O encontro foi agradável, tivemos que pegar dois táxis, uma confusão! Quem vai com quem? Pera aí que somos vizinhas! Retornamos felizes para casa, cuidando para não ficarmos falantes ou sorridentes demais no táxi. Cada qual para sua casa, remédios para gases, digestão a serem consumidos como balas. Promessa (esquecida no próximo encontro) de não cometer mais exageros alcoólicos ou gastronômicos.

Então, começo a caminhar de um lado para o outro pela sala tentando baixar o acelerado do momento, aquietar o cérebro e acomodar o sempre companheiro dessas horas: o pânico, com seu suor frio, mal-estar que dá engasgo, vontade de sair correndo nem sei para onde. Pratico o tradicional mantra: *Vai passar... vai passar... não foi o vinho, não há culpa... vai passar... vai passar.* É nesses momentos que mais sinto falta do apoio do Zé Luiz. Eu estaria ao lado dele, de mãos dadas, em silêncio. A pergunta era sempre a mesma: *Pinico?* (nosso código para minhas crises de pânico).

– *Alexa! Música instrumental. Alexa, mais baixo.*

Será que devo abrir o computador e entrar no chat do CVV (Centro de Valorização da Vida)? Ou ligo diretamente para eles, no 188? Vai passar... vai passar... Perambulo pelo apartamento, falo sozinha, baixinho, tenho o CVV como alternativa.

Poucos sabem dessa agonia, já me conformei a passar por ela. Nesse exato momento tento gravar na memória essa intensidade de horror, para que possa me lembrar da próxima vez e diminuir os exageros. É um aprendizado muito lento, o estado etílico eufórico nos faz esquecer ou justificar os excessos. A experiência deveria servir para equilibrar as digressões.

#saberes

Recupero-me da noitada com as Bamboleantes, faço uma faxina na casa e me equilibro na mobilidade adquirida no Pilates e tento, pelo desgaste físico, minimizar aquele arremedo de culpa, mal-estar, pânico e arrependimento pelos excessos da noite passada. Eu precisava encerrar o ciclo de senões com a cunhada Vera e retomar nossa alquimia entre bruxas.

O que estou fazendo da minha vida?

Percebo-me como uma pessoa interessante, acima da média neste envelhecer, dou-me conta, com certo assombro, que ser sarcástica, dizer o que penso mais vezes, resmungar e implicar, não significa absolutamente nada em termos de projetos e metas.

Será que o envelhecer vem assim, devagarinho, de forma sorrateira e sem que eu me dê conta? Estou atada em pequenas rotinas, quase vazias? Justamente eu, com tanta consciência social, sempre querendo fazer a diferença, contento-me com sarcasmos e resmungos? Como assim? E as Bamboleantes? Em que estamos nos tornando?

Em que momento me perdi na saudade e autopiedade? Encontrar a Vera me obrigou a sair da mesmice da rotina, da zona de conforto entre o banco cativo lá no térreo e meu apartamento. De repente, sinto-me presa neste condomínio, envolta em brumas de saudades e tristezas.

E esse é o perigo de se lidar com o luto. De não perceber o escorregadio que é esse precipício chamado tristeza que vai ficando sem fim e se transforma em algo mais pegajoso e perigoso: depressão.

Volto para minha rede. *Alexa, música instrumental, mais alto, mais baixo,* PARA (faz um bem comandar sem nem se mexer). Deixo o pensamento alçar voos, relembro artigos e escritos. A memória falha, já não sei indicar autoria ou separar os artigos, mas me lembro de algumas ponderações. Enquanto balanço suavemente a rede, anoto no tablet:

- ✓ Luto: É uma reação natural à perda de alguém ou algo significativo. Geralmente, diminui com o tempo à medida que a pessoa se adapta à perda.
- ✓ Tristeza: É uma emoção normal em resposta a eventos estressantes ou decepcionantes. É temporária e pode ser superada com apoio e tempo.
- ✓ Depressão: É uma condição médica séria que envolve sentimentos persistentes de tristeza,

desesperança, fadiga e outros sintomas. Pode durar semanas, meses ou anos e requer tratamento profissional.

Como bipolar, tenho alguns picos de depressão, no meu caso, bem menos frequentes que a euforia saltitante e rotineira. Será que estou me escondendo de algum surto depressivo?

A experiência de vida, os anos de informação, tratamento, permitem-me ter clareza dessas condições. O envelhecer pode doer, mas traz sabedoria. Lembro de um artigo que falava sobre autocuidado: *Os perigos de não reconhecer a depressão incluem piora dos sintomas, impacto nas relações e qualidade de vida, e risco de suicídio.*

Já passei por essa etapa de tristeza avassaladora a ponto de achar que me suicidar era a solução para minha dor. Como há muitos anos lido com o diagnóstico do transtorno bipolar do humor, sazonalidades, caminhadas à beira de um precipício depressivo ou escaladas em montanhas eufóricas, já consigo reconhecer quando algo está errado e que é necessário contatar psicóloga e psiquiatra para avaliar sentimentos e medicações.

Na falta do Zé Luiz e da Bia, a quem recorrer? Com quais familiares e amigos posso abrir minha alma e compartilhar essa preocupação com esses sentimentos que me travam? Preciso ir às consultas com a alma e mente abertas para falar sinceramente dessas aflições, sem vestir a fantasia da mulher maravilha.

Meus filhos têm condição de me escutar? Não quero me vitimizar. Será que criei vínculos fortes o suficiente para que agora possam me amparar? Estão preparados para um suporte respeitoso, sem intromissão na minha vida? E se a Fabíola quiser me adotar como mais um de seus compromissos e nesse processo me afogar? Céus estou entrando em algum outro tipo de surto? Insegurança? Fragilidade? Talvez minha neta Tati, seja mais próxima. Que tumulto interno! Disfarço cantando Geraldo Vandré que chega forte e intenso:

> Caminhando e cantando
> E seguindo a canção
> Somos todos iguais
> Braços dados ou não...
> Vem, vamos embora
> Que esperar não é saber
> Quem sabe faz a hora
> Não espera acontecer.
> (Vandré, 1979)

Começo diminuir a quantidade de vinho e drinks que tanto gosto. Tenho consciência que nesses momentos é necessário ter cuidado, pois a bebida é uma faca de dois gumes – se por um lado alivia a dor, por outro te leva muito mais próximo do abismo da depressão e do pânico.

Reconheço que o querer tomar vinho tem muito a ver com o espírito transgressor que me acompanha. Me irrita sobremaneira vídeos com profissionais (com idade para serem meus netos) dando aulas e fórmulas para pessoas com transtorno bipolar do humor. Não pode beber nunca; café, só uma xícara pequena, com leite, pela manhã; dormir oito horas por dia; deitar-se cedo, ter disciplina e vida regrada. *Ah! Por favor! Menos, senhores especialistas! Tenham a sabedoria de nos escutarem e ampliarem seus conceitos sobre doença mental. Mais respeito por favor! Há troca de saberes! Sim, sou docente pela experiência vivida!*

Entre a sábia reflexão do meu anjo da guarda e a minha vontade, está o diabinho afirmando que já nem preciso me preocupar com futuro, tenho mais que aproveitar e beber o quanto quero. Gente, estou sentada, postura calma aqui no banco, mas é uma ladainha comigo mesma.

Nem lembro de ter saído da rede, até me assusto por estar sentada aqui no jardim. Ainda não consegui a sabedoria de me teletransportar!

Preciso cuidar para que esse tumulto ao estilo
monólogo interno,
não assuste quem passe.

Está na hora de me dedicar a certas atividades para estabilizar foco e o sono, providenciar uma alimentação boa e regular (bora esconder os chocolates). Estilo de vida saudável também inclui gerenciamento de crises, buscar grupos de ajuda mútua, apoio terapêutico ou de pares, sem falar no Pilates que não pode ser esquecido.

Como toda boa secretária, renuncio ao estado quase vegetativo de ficar sentada no banco do condomínio e subo para elaborar uma agenda. AGENDA DA MARIA! Que tal imaginar um cardápio e a lista de compras? Incluir algumas refeições diferenciadas, ter convidados em casa. E o contato com o João e a Fabíola? Céus, por onde andam meus filhos? E justo eu, a Maria que sempre rompeu com convenções e regras, assumo a necessidade de ter uma rotina estabelecida por mim e não pelos especialistas.

Bora praticar autocuidado? Em frente ao espelho, vejo aquela velha inquieta com muito mais rugas do que me lembro, incentivando atitudes que deveriam ser mágicas. Mas não há magia no envelhecer, por mais que se criem e recriem frases de autoajuda.

Rapidamente desço para o meu banco cativo, não há paciência para trabalhar no computador. Continuo inquieta, saio para dar uma caminhada dentro do condomínio, num ritual de conversar com as plantas, algumas estavam lindas na semana passada, mas agora, já murchas, querem passar a ideia de que o ciclo natural é esse:

Nascer, crescer, florir e morrer.

Para entrar nos eixos usufruo das conversas com minha neta Tati, falo sobre meus sonhos, planos e algumas dúvidas. Estranho, fico mais à vontade com ela do que com meus filhos. O reencontro com a Vera trouxe as inquietudes e medos que andei abafando. Como dar sentido à minha vida nessa idade?

Tati chega alegre como sempre com uma bela garrafa de vinho, sabe que preparei uma cuidadosa tábua de queijos, frios, uvas, nozes e frutas secas, sem falar no caldo verde para arrematar a noite. Dormirá aqui, para bebermos à vontade. O edredom preferido já está lá no quarto de hóspedes.

Na segunda taça de vinho, com as novidades entre as duas em dia, eu bem mais moderada na minha taça, consigo falar das minhas inquietudes após as conversas com a Vera. Posso não me sentir uma idosa qualquer, sou vaidosa, penso em mim como única. E esse ser único está com inúmeras ideias rondando a cabeça. Ideias que, sem ter um espelho na frente, surgem como se eu tivesse uns 30 anos a menos.

– Tati, como ter um propósito de vida, uma meta a seguir, quando a memória oscila cada vez mais? Tenho que parar, pensar e dar o tempo necessário para o pensamento fluir. Nem posso imaginar fazer cursos como a Vera. Além das dificuldades reais do envelhecer, a sequela de um transtorno mental nos idosos aumenta os problemas de saúde, sejam vasculares, diabetes, comorbidades, sem mencionar o tempo de muita medicação forte. Aff! Esses limites limitantes me incomodam, sonho em fazer tantas coisas ainda...

Pausa para mais um tantinho de vinho para a Tati, com chocolates de sobremesa e um tempo para ela assimilar minha confissão de avó.

– Ah, vó!

Palavras acompanhadas de um abraço terno, cuidadoso, que me encanta.

– A senhora é minha referência como mulher, como pessoa com uma doença, aliás – né, vó? –, várias doenças, sejam elas físicas ou mentais. Desde sempre tive consciência de suas batalhas com um montão de dificuldades. Agora as fragilidades naturais aumentam. Nunca a vi como coitada. Você sempre foi tão decidida em superar tudo!

Sua declaração é feita juntinho a mim no sofá, envolvidas na difícil tarefa de desenrolar bombons de cereja e licor, saboreá-los sem derramar na roupa. A confusão de chocolate derretido e licor explodindo na boca até parece magia, traz aquela sensação de conforto.

– Vó, lembra que fiquei de acompanhante em uma das suas recuperações de cirurgia, aquela do nó nas tripas que o médico insistia em dizer elegantemente obstrução intestinal? O horror da sonda nasogástrica, a dificuldade no pós-cirúrgico e aquela outra sonda para retirar o excesso de líquido, que até infeccionou, lembra? Pois é, a primeira imagem que me vem à cabeça daquela internação é a senhora sorrindo por ter conseguido caminhar pelo quarto. A cada pequenina conquista de retorno à normalidade, o júbilo de quem ganha uma maratona. Lembro de brincar que a senhora deveria ter um segundo nome: Maria Otimista.

Fomos dormir embaladas pelo aconchego do afeto.

Devagarinho, sem pressa, acordei. Tati saiu cedo para trabalhar e fui premiada com uma cozinha impecavelmente limpa. Querida Tati!

Perambulo pelo apartamento, com a Alexa me brindando com música instrumental, converso com as plantas, troco ideias comigo mesma.

Pensei em todas as minhas leituras e a importância de ampliar saberes. O que eu poderia assistir? Cursos, lives, palestras, há muitas oportunidades online ou presenciais e tantas outras atividades culturais.

Que objetivo ter nessa altura da vida? Sempre gostei de escrever. Pensei num blog, site com textos picantes, escandalosos... ou anônimo, com um pseudônimo para falar mais abertamente sobre sexo. Ou algo mais tranquilo? Tipo contos infantis, criar imagens, brincar de Podcast e dar entonação aos personagens. Adoro criar e contar histórias.

Todo esse movimento de *Quem sou? Onde estou? Para onde vou?* Permitiu um respiro das medíocres rotinas do condomínio. Já não me preocupo com o casal do bloco A. Consegui enviar mensagens para a família da moça. Soube que a polícia esteve por aqui e que ela foi embora com seus familiares. Ele sumiu. Só prestarei atenção para não ser pega de surpresa com alguma agressão.

A prioridade agora é outra, encarar a minha realidade, as chatices do envelhecer, de uma forma estilo Maria. Mais que a homenagem musical do Milton Nascimento, surge assim, repentinamente, Ivan Lins cantando como se fosse o José Luiz ao meu lado na cama, gozando da vida, como sempre:

> Quero toda sua pouca castidade
> Quero toda sua louca liberdade
> Quero toda essa vontade
> De passar dos seus limites
> E ir além, e ir além...
> (Lins, 1985)

#pilates

Sinto-me participante de uma maratona! É muita lembrança, encontros, saudades. Melhor dar um tempo nisso tudo e agitar a monotonia de leituras, músicas e memórias.

É divertido ir à academia para o Pilates. A fisioterapeuta, que apelidei de duende, é uma graça. Jovem, pequenina, mas cheia de energia. E como é cuidadosa! Já não fico tonta, nem com pressão baixa. Minha resistência está se consolidando, assim como a flexibilidade aumentando. O que era chato e penoso, o compromisso de ir duas vezes por semana à academia para o Pilates, hoje é prazeroso e sinto falta quando não vou.

Tenho comigo um farol interno que me avisa quando a depressão está chegando. Pequenos detalhes que alertam. Nem preciso ficar triste, cabisbaixa. Mas choro assistindo qualquer filme, romântico ou de comédia. O cansaço aparece assim do nada. Fico esgotada. Algumas irritações por questões mínimas, algo que se instala aos poucos e custo a perceber, desinteresse por tudo e por todos. Mas o tal farol vai do amarelo ao laranja piscante quando tomar banho se torna muito difícil.

O compromisso de ir à academia, a sensibilidade da fisioterapeuta em perceber minhas variações de humor, que me deixam mais dolorida, mais cansada ou tristonha é algo que levo para o campo da magia e por isso mesmo a considero uma duende. Os alongamentos trazem paz. Os exercícios físicos liberam a tal endorfina e o organismo reage. Até me surpreendo realizando caminhadas no parque. Há uma energia que me motiva mais e me deixa alegre.

Lá venho eu, voltando do passeio no parque, revigorada, alma plena de flores, jardins cuidados, bons pensamentos. Geraldo Vandré entoando na minha cabeça...

> Caminhando e cantando
> E seguindo a canção
> Somos todos iguais
> Braços dados ou não
> ...
> Os amores na mente
> As flores no chão
> A certeza na frente
> A história na mão...
> (Vandré, 1979)

Decido me sentar no jardim e ver quem está voltando para casa. Subo rápido para fazer o circuito das águas, como dizia o Zé Luiz: matar a sede e fazer xixi. Desço com um xale para parecer chique e me proteger do ventinho que começa a incomodar. Quem diria que nas minhas descrições de idas e vindas eu incorporaria o fazer xixi. Dia desses comentei isso com a amiga Lucinha. Ela riu com aquele jeito brincalhão:

– *Que decadência amiga! Nossos relatos e rotinas estão repletos de xixis e puns!*

#casamento

Quando estamos bem, parece que atraímos coisas boas, meu lado bruxa já pensa nas energias positivas. Resolvo caminhar por perto da portaria, para uma prosa com o porteiro. Encontro um casal de vizinhos do boco C, devem ter mais de 80 anos, acho que quase 90. Casados há uma infinidade de tempo. Como é bom conversar com eles!

Mesmo com a surdez e movimentos lentos próprios da idade, o casal mostra boa memória e lucidez. Carinho e paciência entre si de dar inveja, ainda se apoiam sem precisar de cuidadores. Conversamos meio aos gritos para a dona Lídia nos entender, rimos de banalidades do condomínio, comentamos as flores do parque e lá se vão os dois de mãos dadas.

Confesso que funguei um tantinho. Deu uma saudade imensa da minha vida com o Zé Luiz. Ah, quantas lembranças boas... Nossa capacidade de dar risada sempre superou tristezas. E quando havia tristeza, não foram poucas, era só o ficar lado a lado que já suavizava a situação.

Casamo-nos cedo, eu tinha 19 e ele 22 anos. Casamento tradicional, mas para os moldes de hoje, muito simples. Não havia essa história de "produzir" um casamento. A data era escolhida por nós, pois a festa era em casa e não dependia da agenda de algum local para o evento. Nada de lista de presentes ou aluguel de roupa especial, usávamos nossas melhores roupas. Alguns, como eu e o José Luiz que nunca teve terno, compramos a roupa de casamento. Ele usou o terno por mais de uma década, só o aposentou quando a barriga começou a alargar. Meu vestido longo foi transformado em social, bainha feita e bordados coloridos adicionados.

A igreja já era linda com seus vitrais. Não desperdiçamos flores. Os dois enfeites perto do altar foram os mesmos da sala lá no apartamento que já tínhamos alugado e preparado para morar. Salgados, doces feitos em casa e a família toda dedicada no preparo. Muita cerveja. Bailinho no espaço apertado entre sala e copa, que uns teimavam em chamar de arrasta-pé, ao som dos LPs no toca-discos portátil, que meu pai insistia em chamar de vitrola. Estávamos no primeiro andar e não havia como incomodar os vizinhos.

Músicas orquestradas com Ray Conniff ou Henri Mancini, sem falar nos momentos de entusiasmo com o *Trem das Onze*, dos Demônios da Garoa ou Jorge Bem com seu *Mais que nada*... E aí entrava o Ronnie Cord, com seu *Biquini de Bolinha Amarelinha* e a animação dobrava. Belas recordações...

No dia seguinte, entre brincadeiras e piadas picantes sobre nossa primeira noite, os amigos reuniram-se para ajudar a limpar tudo, o que incluía beber e comer o que restou. A lua de mel foi uma viagem de fim de semana prolongado em Santos. Só consegui ver meus presentes na volta. Claro que a Morgana inspecionou os presentes e descobriu que alguns eram presentes repassados, a risada era geral. Amei cada presente. Tinha preciosidades!

Certo dia, com a turma das Bamboleantes, fiz um comentário sobre minha festa de casamento, relembrando as músicas tocadas. Todas elas estiveram presentes como madrinhas ou convidadas. Lucinha contou que tinha brigado com o namorado (hoje, seu marido) e na festa ele conseguiu que tocassem a música do John Foster cantando *Amore Scusami*, tirou-a para dançar e reataram o namoro. Tão envolvida nos abraços do José Luiz que não me dei conta de nada.

Lembro-me muito bem de um daqueles beijos de língua, molhados do Zé Luiz, como se estivesse comendo uma pera madura, bem na frente do meu pai, só para provocá-lo. Foi uma risada geral para descontrair o momento de senhos franzidos do meu pai.

#transgressões

Convidei as Bamboleantes para uma reuniãozinha aqui em casa. É mais confortável e simples. É só encomendar uma pizza, descongelar algum doce e pronto, cada uma traz alguma bebida ou complemento. Com certeza, todas trazem um "tantão" de histórias divertidas. Se o cachorro do 113 latir, ou os vizinhos do 111 começarem com seu forró, a gente aumenta o som.

Alexa é uma diversão nesses encontros... é um tal de toca isso, toca aquilo, cada qual disputando suas músicas prediletas, que vira uma baderna geral... MAIS ALTO, Alexa! A Lindaura disse que a Alexa é quase uma bamboleante como nós. Ela prefere pedir piada de sexo, a escolher música; sua brincadeira predileta: escandalizar as amigas. Ainda bem que com toda essa alegria transbordante nunca tocou o interfone para reclamarem do barulho.

Desfrutamos de barzinhos ou restaurantes da moda para socializar e, até mesmo, como diz a Morgana, escandalizar um pouco o público geralmente muito mais jovem que nossa turma.

Mas tem encontros que pela comodidade e possiblidade de conversar *conversas bobas,* como diz a Helô, o ideal é ser em uma das nossas casas.

– De preferência uma que não tenha marido. Afirma a Morgana.

Ela está casada, feliz, mas precisa de momentos seus, sem o maridão. Zé Luiz e eu também tínhamos isso: momentos com amigos ou mesmo de estarmos sós.

O respeito ao espaço de cada um é receita de boa convivência entre o casal.

Apartamento arrumado, plantas afastadas, poltronas ajeitadas de forma a deixar tudo confortável, sem a rede, pois é uma disputa intensa de quem fica na rede. Depois que a Morgana, já na terceira taça de vinho, quis tirar o lugar da Ninete na rede e as duas caíram, com vinho espalhado no tapete, roupas, taças quebradas, um trabalhão para ninguém se cortar colhendo os cacos, decidimos tirar a rede nas nossas reuniões.

Recebo as amigas que sempre chegam juntas e na hora, ao som das músicas do Nei Matogrosso. Cantor da nossa geração, ousado, sensual. Descrito como puro tesão pela Lindaura e como safado pela Carminha.

A noite promete, pois, a quantidade de garrafas de vinho é sugestiva!

Bamboleantes instaladas nas poltronas, com as várias mesinhas distribuídas para nossas taças e pratinhos de salgadinhos, sentimos falta da Ninete. Ela anda sumida. Uma pergunta para a outra, mas ninguém sabe ao certo se ela está viajando ou aproveitando uma de suas tórridas paixões com algum novo namoradinho. Lindaura foi eleita para verificar seu paradeiro.

– Desde que haja tempo para curar a ressaca que com certeza terei...

Carminha insiste que se verifique logo o paradeiro da Ninete, pois já havia tentado contatá-la mais de cinco vezes sem resultado. Sua ausência, me faz sentir falta da Bia. Ela não fazia parte das amigas da escola, mas participava do nosso grupo. Dissimulo a saudade com um enorme gole de vinho, esse vinho Carménère permite isso.

Entre a preocupação geral sobre a amiga ausente e a ansiedade da Carminha há um alvoroço de sugestões, as tradicionais alfinetadas e sarcasmos entre umas e outras.

Se você está pensando que houve discussão, esqueça, somos amigas o bastante para rirmos nessas situações. O difícil foi a disputa para correr para o banheiro, mais uma vez o xixi tolhe a nossa liberdade de dar gargalhadas. A Lucinha disse que vai comprar absorventes maiores, para não passar aperto nesses encontros. A Lindaura sugeriu fralda geriátrica mesmo. Disse que já viu algumas estilosas e sexies.

– *Gente, em que estamos nos tornando? Velhas debochadas.* – Afirmou a Paty.

– *Debochadas, gostosas e de bem com a vida!* – Interrompeu a Morgana

– *Mas velhas e ridículas na maioria das vezes.* – Atravessou a Carminha, com olhar de desgosto.

– *Ah! Porra, já vem a Carminha azedar o grupo.* – Reclamou a Lindaura.

O clima entre as Bamboleantes é assim mesmo. Espeta daqui, reclama dali, resmunga do outro lado, e continuamos bebendo, comendo e nos divertindo dentro do clima de Las Vegas: o que acontece aqui, fica aqui, sem rancores.

A minha neta Tati me chama de Maria Otimista, as Bamboleantes me chamam de Maria Itamarati – meu papel no grupo sempre foi o de acalmar ânimos, baixar o tom e, se possível, evitar os palavrões. Detesto-os. Grosseria verbal para mim, está num limite tênue da agressão física. Morgana e Lindaura costumam me deixar incômoda, principalmente em lugares públicos, mas sua simpatia e solidariedade transbordam e se sobrepõem aos senões agitados das duas.

– *E olha que a bipolar sou eu.* – É como costumo sinalizar meu desconforto.

A Paty, que viaja muito e é amiga da Vera minha cunhada, fala da ideia do tal retiro entre amigos. Finjo não saber para deixá-la discorrer a respeito. Ela conta sobre um lugar com espaço de convivência e casas simples que respeitam a individualidade.

A Helô disse que seria uma boa ideia se ficasse viúva e que com certeza se divertiria organizando eventos nas áreas sociais. Pensando nos inúmeros netos da Helô e no barulho que fariam ao visitá-la, Lucinha sugeriu – hipoteticamente, pois jamais moraria num local assim – que se houvesse um espaço de lazer infanto-juvenil deveria ser bem afastado dos bangalôs.

A Carminha, com a boca cheia de queijo e torradinha, já foi avisando que não gostaria de morar com muita gente se intrometendo na sua vida.

– *Que vida*? – Provocou Morgana, rindo.

Passamos um bom tempo da noite nos divertindo imaginando um tipo de retiro assim com as Bamboleantes. Umas adoraram a ideia, aliás, acho que todas gostam dessa ideia de termos esse apoio coletivo entre amigos. Por mais que brinquemos, a finitude está presente em nosso grupo. As viúvas e divorciadas já perceberam isso.

Um dos maiores atrativos desse tipo de moradia é a possibilidade de estarmos entre conhecidos e, principalmente, que a convivência, o cuidado e o apoio serão entre pessoas da mesma faixa etária. Mesmo que tenhamos que contratar profissionais da saúde para algum atendimento, o olhar para esse suporte será nosso.

– *Depender dos meus filhos me dá calafrios.* – Disse a Morgana.

Até assusta ou surpreende uma afirmação dessas, mas ela é real e bem atual. Filhos tendem a exagerar nos seus cuidados, tolher nossa liberdade de ir e vir como disse a Paty.

Fico meio distante do burburinho das amigas, perco-me em pensamentos do que será daqui para a frente no precipício desconhecido chamado velhice. Cada dia, por mais cuidado que se tenha, as dificuldades aumentam.

As fragilidades estão diametralmente opostas à capacidade de recuperação.

Um dos meus desafios atuais é saber ou pelo menos tentar distinguir o cansaço natural do envelhecer, sem pensar imediatamente que é uma crise depressiva. Essa distinção, que debato muito com minha psicóloga, é fundamental:

Na depressão, combatemos a apatia, forçando atividades.

Na velhice, respeitamos os limites,
atuando no tempo possível.

Minha idade não permite imaginar um futuro distante e me desassossego. Já não estou com o Zé Luiz ao meu lado, a Bia também se foi. No tal andar da fila fiquei sozinha. Imagina o João, meu filho, com o emprego que tem, viajando mundo afora, ter que vir cuidar de mim. Só de pensar na Fabíola querendo controlar minha vida, meus horários, me arrepia.

Sim – envelhecer dá calafrios.
Sim – envelhecer é um desafio!
Precipício à vistaa!

Repentinamente caio no planeta terra, mais especificamente na sala do meu apartamento, com as amigas me olhando de forma estranha, esperando talvez uma resposta a alguma pergunta que sequer escutei, envolvida nos meus pensamentos.

Plunct Plact Zum, ao estilo Raul Seixas, retomo o ritmo da conversa, deixando o vinho responsável por minha distração.

A brincadeira com a Alexa, que a essas alturas já é uma de nós, fica mais vibrante, com sambas, marchinhas e músicas carnavalescas. Tem uma música do Billy Blanco, o tal Piston da Gafieira, que tem um trecho assim:

E nessa altura, como parte da rotina
O piston tira a surdina
E põe as coisas no lugar...
(Blanco, 1959)

Descrição perfeita para a intervenção da Lindaura que rompe a carga da conversa sobre nosso futuro bem próximo. Com gestos dramáticos, colocou em cima de uma das mesinhas uma enorme sacola, com produtos eróticos! Brinquedinhos incríveis, como ela diz. E o clima passou de melancólico para diversão pura.

A Carminha até ficou vermelha ao ver um enorme pênis de borracha, tamanho GG que a Lindaura ficou abanando para todas. E a risada foi geral. Lucinha encenou um desmaio pela emoção. Vibradores de diferentes tamanhos e formas. Há muito tempo não ríamos tanto.

Morgana, depois de sair correndo para fazer xixi de tanto rir, voltou às gargalhadas...

– Gente, como posso morar com filhos e netos? Já pensou, na cabeceira da vovó ter um desses?

Entre risadas, piadas e várias garrafas de vinho vazias, no final da noite nos demos conta que as pessoas não têm ideia de que nós, os velhos, sentimos tesão, mesmo de forma diferente de 20 anos atrás. Sim! Continuamos com fantasias sexuais!

A Paty, secando as lágrimas de tanto rir, fez a pergunta da noite:

– *Será que os filhos pensam que foram encontrados atrás de um pé de repolho?*

Rimos muito. Filhos e netos têm a estranha mania de nos ver como pessoas assexuadas. Mães velhas, avós, então, nem se fala. Um ato de rebeldia das Bamboleantes seria entrar em grupo em um Sex Shop, olhar as prateleiras e comentar alto:

– *Fulana você já experimentou esse daqui? É um tesão!*

Já de madrugada, chamei táxis para elas, trôpegas pelo vinho, tentando manter a dignidade. Prometi colocar as garrafas vazias, pouco a pouco no lixo, para não escandalizar a vizinhança.

Dormi como há muito não dormia, aliviada em saber que a faxineira chegaria cedinho para estabelecer a ordem da casa.

Café tomado, recebo um telefonema da Lindaura para me contar sigilosamente – há coisas que não se brinca em grupo – que a Carminha havia ligado para perguntar, depois de uns 10 minutos de hesitação, se ao comprar produtos eróticos pela internet, a embalagem denunciaria seu conteúdo. Ela se dispôs a receber o pacote e entregar pessoalmente, para que a Carminha tivesse a segurança e a independência de comprar qualquer item em pleno anonimato. Entre muitas risadas, encerramos a ligação com a afirmação da Lindaura:

– *Anonimato erótico, é isso.*

Com o dia livre de compromissos, usufruí de uma linda manhã de sol no jardim. Entre passeio e a tranquilidade do banco cativo, os pensamentos se perderam no universo das lembranças e considerações. Lembrar da noitada com as Bamboleantes me fez rir. Os que me conhecem, não estranham, mas passantes desavisados imaginam uma velha senil que ri de olhos fechados. Impossível não destilar sarcasmo para esse povo tão desinformado.

Uma mensagem da Clara, mãe de uma das amigas da Fabíola interrompe o momento. Que simpatia de pessoa, daquelas que transbordam alegria. Distraio-me na troca de mensagens, faço questão de manter contato com ela, por sua vivência – já passou dos 90 anos – e por sua cultura. Viajante assídua, frequentadora de teatros, leitora voraz, com uma energia que deslumbra todos que a conhecem, apesar de ser quase invisível aos filhos e netos, que a tratam quase como um móvel da sala. Que desperdício!

#despedida

É inconcebível não ter a Bia ao meu lado, desfrutando desses momentos: encontros com as amigas, divagações no banco do jardim. Uma raiva enorme se apodera de mim. Um ódio descabido por uma situação pandêmica que poderia ter sido mais bem conduzida e, com certeza, evitado milhares de mortes.

Tenho consciência, até mesmo com certa inquietude, que o tempo a cada dia me aproxima da morte. Mas nem por isso fico conformada com situações evitáveis, como a pandemia sem controle.

Também sei que a dor de uma perda nos faz querer buscar culpados. No caso da pandemia foi fácil, quanta desinformação, mistura de falsas crenças, fanatismo político, achismos e, pasmem, falcatruas para ganhar dinheiro com a dor alheia!

Me perco nas lembranças e o passado se faz presente...

Desde o início da pandemia, Bia e eu adotamos o uso de máscara e evitamos ao máximo, contato com as pessoas. Isoladas, recebíamos as encomendas com banho de álcool. Lamentavelmente as tais máscaras efetivas e o álcool 70 desapareciam.

E o inimaginável, aconteceu...

Estou aqui, travada, coração acelerado, sem saber se pratico o esperançar ou se me deixo dominar pelo mais absoluto pânico. Há três dias que Bia não estava bem, uma gripe forte, segundo ela. Em todo o caso, atentas às instruções em pleno auge da pandemia, deixamos de nos ver. Ela nem abria a porta. O contato era por interfone ou WhatsApp.

Hoje não deu mais para enganar a realidade que confronta o fingir que está tudo bem. Piorou durante a noite. Chamou um táxi do ponto aqui de perto, pessoal conhecido e com cuidado no transporte. Por telefone já deu o destino, para não conversar no táxi. Janelas abertas, ventilando e até ajudando a respirar...

Ficamos nos encarando, mascaradas – ela aguardando o elevador e eu na minha porta. Olhar de afeto. Do meu lado, afeto solidário e assustado. Do lado dela olhar triste, cansado e com vislumbre de medo. Palavras desencontradas. Difícil falar em um momento desses.

Para dar leveza, falamos banalidades, brincadeirinhas. Se soubéssemos que seria a última vez que nos veríamos, as palavras teriam sido outras. Mais intensas, afetivas e de puro suporte. Até hoje me arrependo por não ter dito as palavras certas.

Recebeu orientação telefônica do plano de saúde e se dirigiu a um dos hospitais de campanha instalado na Universidade Federal do ABC. Ainda na espera da consulta, enquanto pode, informou-me dos procedimentos: atendimento imediato, máscara de oxigênio para aliviar a horrível sensação de não conseguir respirar. Sua condição exigiu internação. Mesmo para os idosos, não era permitido acompanhante. Na espera de um leito, a última mensagem:

– *Miguinha, vontade de ter você aqui de mãos dadas comigo...*

Meus dados estão na ficha de contato. Algumas horas após sua internação fez uma ligação de vídeo, deitada com oxigênio instalado, acenou para mim com cansaço extremo.

A luta pela vida, o horror dos sintomas
se agravando, eram dela.
Mas o vazio da sua ausência, era meu.

Quem falou comigo foi a médica responsável por aquele setor. Explicou-me que uma vez ao dia, preferencialmente perto das 12h00, falaria comigo para passar o boletim médico da Bia. Na hora, despreparada para os acontecimentos, imaginei que no dia seguinte poderia conversar um pouquinho com ela. Mal sabia que aquele aceno cansado seria sua última interação comigo.

Foram cinco dias de contato com a Dra. Angelina e a psicóloga Júlia. Agora da sala de atendimento médico, distante dos leitos. A organização dos encaminhamentos e a comunicação com os familiares me impressionou. Diariamente, no horário combinado, a médica fazia a vídeo chamada, com o informe das condições clínicas da Bia. De uma forma serena, clara e objetiva. Em seguida entrava a psicóloga para aquietar a alma, dar suporte. Difícil escutá-las através daquelas máscaras, acho que chamavam N95. O som era abafado. Olheiras profundas, exaustas, mas com um olhar amoroso, transbordando respeito e humanidade.

Os pacientes tinham nome e sobrenome, suas características ou dificuldades eram conhecidas. Porcentagens e números eram transformados em apoio. Percebia-se, em um pequeno deslocamento da posição da máscara, o rosco marcado e até machucado. Lembro-me das palavras da Dra. Angelina e da Júlia no dia de sua morte. Eu já tinha aprendido a compreender seus olhares. Além do cansaço, carinho, cuidado e respeito. Mas naquele dia, foi diferente. Havia uma tristeza no olhar, uma fala mais pausada do que o costume. O tom de voz era outro. O timbre era diferente, algo entrecortado na fala. Não há como se acostumar com perdas e óbitos.

E no balanço da rede, música instrumental baixinho, fecho os olhos e relembro o último informe da Dra. Angelina. Fez um relato cuidadoso e respeitoso de todos os procedimentos realizados. Com certeza sabia que, em uma situação dessas, quem está distante precisa reter os mínimos detalhes para que a notícia entre devagarinho no cérebro, para que possamos ter tempo de assimilar a dor na alma e no coração com uma notícia dessas.

Foi nesse momento que me dei conta da magnitude do significado da palavra humanidade, expressa na forma como a médica e psicóloga me comunicaram a morte da Bia. Ela não era uma estatística, uma morte a mais entre as dezenas de mortes diárias. Estavam comunicando, com tristeza, pesar e respeito, a perda da vida de uma pessoa.

Esse comunicado era um gesto empático de conforto e atenção para quem estava do outro lado da tela do celular, absorvendo o vazio da ausência da amiga que se foi.

Preciso romper o inevitável ciclo da saudade e posicionar, no devido espaço de tempo, essa lembrança que se expressa como presente, mas é de um passado que a cada dia se faz mais distante.

Saio da rede de forma abrupta. Preciso cuidar das minhas plantas. Alexa – música popular brasileira... MAIS ALTO, Alexa!

De novo um X-Miséria resolvendo a fome, uma dose de chocolate a mais para as endorfinas entrarem em campo, saltitantes!

Desço para meu banco, o dia hoje permite uma tarde agradável, até o vento amainou. As lembranças tendem a ser traiçoeiras, não consigo me livrar delas apenas com um comando tipo: *Alexa – para!* Pelo contrário, tenho a impressão de que quando elas começam, saem assim aos borbotões, incontroláveis, desafiando nosso autocontrole.

Entre um olá e um tudo bem com os passantes, continuo com minhas lembranças, devo até ter entrado no modo *não incomodem estou dormitando.*

Levei mais de mês para conseguir esvaziar o apartamento da Bia. Transferi as plantas para meu apartamento e esvaziei a geladeira. Em cima da mesa da sala, com uma dor aguda no coração, descobri que ela havia deixado tudo organizado, com um advogado e as várias doações a serem feitas no prédio e para algumas associações. Ela não tinha parente algum. Em cima das várias pastas, um bilhetinho carinhoso, com flores e corações de canetinhas coloridas, com os dizeres: *Miguinha... vai que...*

Fiquei com o material de artesanato, suas linhas e pinturas de tecido. Algumas peças de roupa e da casa já estavam separadas com a certeza de que eu iria gostar. Dói saber que ela teve a consciência do horror que se avizinhava, tomou as providências e me resguardou. Imagino a solidão de alguém passando por esse momento, ainda assim com sabedoria e discernimento para as providências e encaminhamentos com o único intuito de não pesar nesse desenlace.

Algumas pessoas, próximas da morte,
tornam-se sábias e serenas.

Mas como não sofrer? Ela não está mais aqui, ao meu lado. Até hoje, e faz tempo que ela partiu, pego o interfone ou celular para chamá-la. Com quem dividir as confidências *mais confidenciantes* como ela brincava? Com quem assistir aos vídeos do Ney Matogrosso ou da Maria Betânia? Com quem dividir a pipoca? Sinto falta de sua voz tranquila me chamando de *Miguinha*.

Sinto falta das histórias e aventuras com seus amigos de "cama, mesa e banho" como os denominava. Eram tardes com chá e biscoitinhos, os mais variados, ou noites de queijos e vinhos, com verdadeira diversão sobre suas peripécias com dois ou três namorados ao mesmo tempo, a corrida para dar conta da agenda e não trocar os nomes. Foi com ela que consegui tratar de assuntos sexuais banais, junto a ela consegui ser a Maria Verdadeira, em todos os sentidos.

Aff, é tanto pensamento aqui nesse banco com o povo passando que me dá agonia. Mas sim, foi com ela e, somente com ela – tenho que apelar para a brincadeira –, tão presente em nossas conversas, que consegui ser a *Maria ampla, geral e irrestrita!*

Fiquei emocionada ao ver seu cuidado em fazer donativos para a Associação de Professores Aposentados, que lutam por seus direitos e sobrevivência. Todos os panos de prato, trabalhos artesanais eram comprados lá. Esteve sempre comigo nas ações voluntárias das ONGs (organizações não governamentais) que participo.

Quando José Luiz morreu, Bia estava ao meu lado. Acho que a denominação apoio de pares foi expressa em sua plenitude, no apoio concreto, diário, ajudando-me a passar por aquele vazio da minha alma sem ele.

Até hoje, mais de três anos depois, sinto falta dela. Como lidar com esse luto? Nem sei verbalizar o que sinto. Saí do banco do jardim e voltei para o apartamento. Eu precisava do consolo desse espaço tão meu e tão dela, com suas plantas e almofadas tentando sanar esse vazio no peito e na alma.

No aconchego da rede, pego um dos livros que sempre está na mesinha, à disposição das minhas saudades: *Cânticos*, de Cecília Meireles. Encontro-me em um dos seus versos:

Esse teu corpo é um fardo.
É uma grande montanha abafando-te.
Não te deixando sentir o vento livre
Do Infinito.
Quebra o teu corpo em cavernas
Para dentro de ti rugir
A força livre do ar.
Destrói mais essa prisão de pedra.
Faze-te recepto.
Âmbito.
Espaço.
Amplia-te.
Sê o grande sopro
Que circula...
(Meireles, 1982)

Leio, releio e me encontro nesses versos de Cecília Meireles que, com certeza, com sua alma inquieta e triste, traduziu meus sentimentos enlutados. Se eu tivesse tido a oportunidade de estar ao lado da Bia no momento da sua partida, leria esses versos para ela. Pela terceira vez, agora em voz alta, com a entonação de quem declama, recito esse Cântico em homenagem à Bia, Miguinha querida.

No embalo da rede, durmo na certeza de que meu afago chegou na sua alma.

Sei que o luto é um estado emocional que se expressa em um conjunto de reações frente a uma perda. Há vários tipos de luto com o qual lidamos vida afora – rompimentos ou perdas de trabalho, afetos, posses e que tais. Há várias formas de expressar o luto e diferentes tempos de se lidar com ele. Perder José Luiz foi absolutamente terrível. Mas houve tempo para lidar com sua partida e eu estava ao lado dele, de mãos dadas. Foi um processo natural, é isso que chamamos Vida – nascemos, mas também morremos.

Com Bia foi o susto da pandemia, algo desconhecido e a solidão do isolamento. O que poderia ser um rito de passagem, ficou lúgubre e assustador. Ela morreu sozinha. Foi enterrada sozinha. Transformou-se tristemente em um caixão a mais. Qualquer morte pelo covid-19 foi revoltante. Priorizaram as repercussões políticas, os egos e disputas de poder no combate a algo sério demais.

A humanidade foi representada pela equipe de profissionais de atendimento ao caos instalado. Atos de bondade e compaixão foram suporte solidários de sobrevivência nos mais diversos meios da sociedade.

Nada foi linear. Escárnio e compaixão se enfrentaram nessa luta da pandemia.

Milhares de pessoas foram descaracterizadas como gênero humano, transformando-se em estatísticas. Lamento não poder dizer que nos tornamos melhores, as notícias nos assombram.

Gente... até meu corpo resolveu me lembrar de que a vida não é só lembrança, saudade e luto! Deu câimbra nas duas pernas, céus, cruzes, socorro, saio da rede me segurando toda e já gritando: *Alexa, Milton Nascimento – Maria, Maria.*

Gente... vocês sabem a definição de "troncha"? É uma Maria, com câimbra tentando andar e se recompor.

Vou para a cozinha buscar um copo d'água, tentando acertar o compasso das pernas, balbuciando junto com a Alexa:

> Mas é preciso ter força, é preciso ter raça ...
> Maria, Maria mistura a dor e a alegria ...
> É preciso ter sonho sempre ...
> Quem traz na pele essa marca
> Possui a estranha mania de ter fé na vida
> (Nascimento, 1978)

As lembranças se aquietam com o toque do celular. Era a Lindaura contando que, depois de muita insistência da Carminha, resolveram ir ao apartamento de Ninete. O apartamento estava vazio, as plantinhas murchas. O porteiro não sabe dela. O que será que aconteceu com nossa amiga? Lindaura está tomando as providências para encontrá-la antes de comunicar desaparecimento. As aventuras nesses programas de relacionamento podem não dar certo.

Morgana acalma todas, brincando no vídeo que fizemos, imaginando lugares e momentos tórridos dessa amiga que nos prega sustos. A rede de Apoio das Bamboleantes foi acionada. E o fato de um suporte ou providência real, atual, me tira do poço da tristeza.

Volto a ser a Maria, a de hoje.

cidadania

Um dia dessa semana, por enorme coincidência, encontrei a Dra. Angelina no parque. Ela me reconheceu, pois eu a via somente com máscara. Afetuosamente a abracei e convidei para um café em casa. Um encontro inusitado que até poderia causar certo constrangimento, mas foi incrível. Após alguns momentos de conversa sobre uma variedade de assuntos, viagem da psicóloga Júlia pela Europa, Dra. Angelina virou Angé. Com cuidado, perguntei sobre seus sentimentos durante aquela situação tão intensa vivida. Seu olhar entristeceu, há muita dor a ser resolvida e amenizada. Em um tom de voz sereno, que eu conhecia tão bem, um pouco encolhida no sofá, sentada sobre seus pés, fez um depoimento absolutamente comovente.

– *Ah, como me sinto... quando penso naquela época, o cansaço volta. Tive que encarar muito mais óbitos que cura. Sinto-me abençoada por ter a capacitação e o dom de querer cuidar dos pacientes, estar ali – pois alguém teria que estar.*

Toda a equipe teve um papel fundamental – médico, enfermeiro, fisioterapeuta, assistente social, psicólogo, nutricionista, terapeuta ocupacional. Em um ambiente caótico, não há como ter um trabalho individual. Foi um coletivo enorme, lutando junto. Não posso esquecer a equipe dos serviços de limpeza, transporte e manutenção, repositores de material e medicação, que desempenharam um papel importantíssimo – tudo tinha que estar funcionando – para dar certo no conjunto.

Percebi, pelo cuidado de lembrar as funções, que ela precisava enumerar, identificar um a um os componentes daquela rede de atendimento.

– *Fazer uma declaração de óbito e alguém da equipe ter a sensibilidade de entender o choro engasgado e sugerir que você se afaste um momento, permite o respirar fundo e controlar a emoção. Uma das coisas mais bonitas que vivi, foi essa troca solidária entre a equipe. Nesse momento de dor, o coletivo suaviza.*

Apesar do cansaço intenso e do profundo sentimento de impotência, se eu precisasse resumir minha experiência em uma palavra, escolheria GRATIDÃO – *pela saúde que me permitiu continuar a desenvolver meu trabalho e por todos aqueles que estiveram ao meu lado naquele momento.*

Impossível Angé não se emocionar. Peguei uma caixa de lencinhos de papel para nós. E uns chocolates.

– *Paguei um alto custo, fiquei longe da minha família, não pude estar com eles. Chegar em um quarto de hotel onde estávamos isolados, sem ter quem abraçar ou conversar, não foi fácil. Mas não me arrependo ter passado por isso. Para nós, profissionais da saúde, a pandemia foi uma época de guerra, mas tentávamos, por meio da união da equipe, conseguir leveza e força para seguirmos adiante.*

Assim que a Angé foi embora, o interfone tocou. Nem tive tempo de absorver todo o impacto desse depoimento. Uma visita de surpresa da Clara, rompeu com a avalanche de tristeza. Acho que o Universo conspira a favor. Ou será a Bia, lá do Cosmo, obrigando-me a sair da letargia da saudade e do luto?

Impossível não ficar contente com a visita da Clara. É a própria definição de energia e bom humor. Na plenitude dos seus 92 anos, tem um dinamismo e vigor que dá inveja para muitos jovens.

Chega rindo, carregada de sacolas. Entramos rapidamente em casa, pois o cão do 113 entrou em ebulição neurótica, até se engasgou de tanto latir.

Ela tem um corpo franzino, ágil, próprio de quem fez yoga a vida toda. Aceita o café e oferece os docinhos diferentes que trouxe. O que mais me encanta na Clara, além da sua vivacidade, é a elegância, que se reflete nos detalhes entre roupa e acessórios.

Veio contar novidades. Ela é uma ativista na preservação do meio ambiente e uma artesã de primeira – tece, borda, transforma vestidos, casacos e mantas em obras de arte únicas. A novidade é que está aproveitando sobras de corte de peças de seda denominadas seda da paz, extraídas de fontes sustentáveis. Transforma-as em fios para tecer bolsas, tapetinhos e até colares e pulseiras!

Lamento sua invisibilidade junto aos seus familiares, pois ela é formidável! Sinto um misto de pena e raiva deles.

A Clara foi embora e fiquei remoendo pensamentos, com uma vergonha enorme por ter me afastado de tudo e de todos. E eu que sempre fui tão ativa, resolvida e crítica, descuidei da vida, perdida em lembranças e lamúrias. E a Maria, que andava esquecida de si, começa a retomar o palco da vida ao conviver com a Clara que luta por um mundo melhor. Quanto aprendizado!

Tenho a sensação de que no momento que nos permitimos sair do modo autopiedade, há um movimento de tempo e espaço que nos faz reagir e coisas acontecem!

SIM. Parem! Escutem! Percebam!
Ainda temos sonhos e metas!

Como o cachorro não parava de latir e uivar, devia estar sozinho, resolvi descer para arejar pensamentos. Enquanto esperava o elevador, imitei os latidos. Sei que não é o tal politicamente correto, mas me fez um bem danado, até porque não fiquei ali para escutá-lo. Lati junto, céus, acho que colocarei a Alexa na porta para imitar cães raivosos.

Encontrei seu Anacleto com um dos vizinhos, o Henrique, que estava se equilibrando com um pé enfaixado.

– *Dona Maria, estava interfonando para a senhora. O seu Henrique torceu o pé e me perguntou onde poderia conseguir uma muleta ou bengala para alugar ou comprar. Me lembrei que a senhora sabe dessas coisas.*

Entrei no modo ação solidária e rapidamente voltei ao apartamento para pegar muletas e bengala para que ele escolhesse. Ficamos um tempo, os dois sentados no banco, para espanto de muitos e olhares quase indiscretos, em uma troca de informações sobre pés torcidos, terapeuta ótima que atende em domicílio, esticando a conversa com sugestões e providências de melhorias no Condomínio, já que ele é um dos Conselheiros da nova gestão.

Voltei feliz para o apartamento, após um dia intenso de variadas emoções. Deitada na rede, apreciando o pôr do sol, grito subitamente: – *Alexa, música popular brasileira!* Pasmem! Ela nem se assusta e inicia a seleção musical.

Gente, continuo nesse ato falho de achar que a Alexa sente algo! Nessa linha de pensamento começo a achar que ela revida meus pequenos insultos e gritos, com músicas provocativas. Com o sol pintando o horizonte com variados tons de rosa, azul e ouro, Alexa invade o ambiente com a voz do Lenine cantando *Paciência*, deixando-me inquieta com seus versos.

> Eu sei, a vida não para
> A vida não para não
> Será que é tempo
> Que lhe falta pra perceber?
> Será que temos esse tempo
> Pra perder?
> E quem quer saber?
> A vida é tão rara
> Tão rara
> (Lenine, 1999)

E a imagem do Henrique surge. Deve ter a mesma idade que eu. Bem conservado (céus, cadê a Bia para eu correr e contar para ela que tem um vizinho "em conserva"), muito simpático, de um jeito tranquilo. Encontrei um amigo e companheiro para as atividades no Condomínio. Estico pernas e braços em um arremedo de Pilates, perguntando-me se ele gosta de vinho...

#ôrra meu

O apreciar o pôr do sol foi interrompido pela convocação de um encontro de vídeo do grupo. E, grata surpresa, o convite para a reunião era da Ninete, a desaparecida!

Custamos a nos aquietar. Estávamos aliviadas por vê-la tão bem, morena de sol, curiosas, mas indignadas com sua falta de consideração. Foi uma avalanche de xingamentos, palavrões, até gritos. Carminha chorava, Ninete estava sem jeito e envergonhada.

Como sou a Maria, a Itamarati (diplomata desde criança), consegui acalmar a turma para que ela nos contasse o ocorrido: simplesmente perdeu o celular e todos os contatos. Ela viajou com uma pessoa que há meses trocava mensagens nesses aplicativos de relacionamento.

– *Gente, foi maravilhoso, puro tesão! Em um super resort na Bahia.*

O coro de indignações foi substituído pela curiosidade, os xingamentos transformaram-se em piadas. Morgana, desbocada como sempre, já partiu para as perguntas diretas, deixando a Carminha envergonhadíssima.

– Fala sério, o dito cujo era gostosão? Mais jovem ou já brochou de vez?

Entre risadas e algumas invejas, encerramos a conversa, aliviadas por saber que a Ninete estava bem.

Resolvi pôr em dia meus contatos com meus amigos voluntários, vislumbrando a possibilidade de retomar meu trabalho e responder as mensagens do Henrique, envolvido em sugestões de melhoria para o Condomínio.

Meu computador travou inexplicavelmente. Fiquei meio perdida. Era muito fácil quando eu tinha o José Luiz ao lado: – *Zé, dá uma ajudinha aqui...* e tudo se resolvia. Acostumei-me muito mal. Encrencas "internáuticas" como brincávamos, trocas de lâmpadas, consertos da casa, eram responsabilidade dele. Agora dependo de terceiros. Já fiz uma lista de prestadores de serviço e estou me especializando em entrar em helps e ajudas via internet.

O jantar foi chá de erva cidreira e pão tostado. Faz bem ter esse cuidado de não utilizar o vinho – mesmo bebendo apenas uma taça na refeição – como um ritual ou válvula de escape. Chá acalma até a alma. Eu tomo com duas enormes pedras de gelo. Muito chocolate, vinho e queijo cobram seu preço, quando exageramos. E como tenho exagerado!

Envelhecer também tem essa chatice de
limite nas quantidades.

Tenho uma vida até ativa, entre passeios, Academia, chamadas de vídeo com amigas ou filhos, além de socializar lá no meu banco do jardim. Mas à noite, coloco o dobro de almofadas na cama. Falta o Zé Luiz. Mais uma vez adormeço pensando nele.

Acordo, mas nem desço para o jardim. Hoje meu banco ficará vazio. Uma espécie de luto respeitoso. Morreu Rita Lee, cantora que eu admirava, pois representava desassossego e irreverência. Sempre me identifiquei com seus senões. A Bia então... as duas tinham esse tom de cabelo avermelhado e a irreverência. Perambulo pela casa, cantando:

> Mas eu tô ficando velho
> Cada vez mais doido varrido
> Roqueiro brasileiro
> Sempre teve cara de bandido
> Vou botar fogo nesse asilo
> Respeite minha caducagem
> Porque essa vida é muito louca
> E loucura pouca é bobagem...
> Guerrilheiro
> Forasteiro
> Ôrra meu!
> (Lee, 1980)

Notícias sobre mortes, geram saudade.
Que limbo esse tal de envelhecer...

A morte do Zé Luiz foi muito dolorida. Todos sonham em morrer rápido e sem dor, a dele não foi tão simples, mas permitiu tempo de preparo e despedida, humanização e respeito na hora da partida.

Ficávamos praticamente o dia todo de mãos dadas. Eu percebia sua dor física e seu olhar cada vez mais distante. O João e a Fabíola estiveram presentes, cuidadosos e carinhosos. Ela com sua costumeira voz de comando queria impor horários para eu ficar com o Zé Luiz. Impossível ter agenda com quem está partindo. Ficávamos juntinhos e nos olhávamos cúmplices quando ela começava sua ladainha de que eu deveria descansar. Sabíamos, os dois, que eu precisava ficar ao seu lado. Ele precisava de mim...

As noites eram longas e insones. O desconforto do Zé Luiz era cada vez maior. Meus pés ficavam inchados e as mãos doloridas, eu mal comia. Certo dia, ele segurou firmemente a minha mão, olhou-me com uma intensidade amorosa, numa espécie de súplica, que gelei. Chamei Fabíola, João e Tati. E, assim, ele se foi: entre afagos, mãos dadas, abraços e carinho. Na hora que partiu tentou abrir os olhos e sorrir para nós.

Foram dias difíceis, entrecortados de saudades, alívio por não o ver em sofrimento e raiva por sua ausência. Meus filhos e neta precisavam retomar suas rotinas. A Bia esteve sempre ao meu lado.

Durante a doença do Zé Luiz, li dois livros muito intensos, algumas vezes abruptos, precisei ler com intervalos: *A morte é um dia que vale a pena viver* e *Pra vida toda valer a pena viver* (2021), de Ana Cláudia Quintana Arantes.

Às vezes eu escolhia um capítulo e alternava a leitura. Estar no processo de envelhecer e cuidar de alguém amado é muito difícil. Essa leitura foi útil, pois foquei na questão dos cuidados com a pessoa, seus sentimentos, jeitos, vontades e, fundamentalmente, sobre respeito e amor.

Medicina paliativa deveria ser
incorporada como política pública.

Compartilhei alguns trechos desses livros com o Zé Luiz. Comentamos sobre a consciência do tempo de viver e a diferença da percepção desse tempo quando adoecemos. Duas frases do livro *A morte é um dia que vale a pena viver*, chamaram minha atenção:

> O tempo transformador não depende de duração... O que você vai fazer com esse tempo que vai passando? O que você está fazendo com esse tempo que está passando? Para mim, essa reflexão é a chave geral que "liga" a lucidez das escolhas.
> (Arantes, 2019, p. 65)

Esses livros foram um aprendizado sobre a importância do cuidado com o cuidador e do enfrentamento de algo que ainda é tabu, a cada momento do nosso tempo, estamos nos dirigindo para a morte.

Aliás, dei-me conta que fico angustiada com o futuro, não temos parâmetros para saber nada sobre ele, apenas que o ponto final do envelhecer é a morte. E o tempo de concretizar o evento de morrer é único e imprevisível.

Adiei retomar o trabalho voluntário pelo peso da ausência da Bia, minha companheira de sempre nessas atividades. Fica a insegurança de que esse luto tão longo, esse vazio que aperta tanto meu coração, seja uma depressão se instalando.

É difícil perceber quando o luto esconde
um quadro depressivo.

Está na hora de desafiar e incorporar o meu tempo, aqui e agora, construindo, passo a passo uma nova rotina. Estou viva, sou muito mais do que só saudades.

#tempo

Quando nos damos conta do envelhecer e quanto tempo temos até o nosso fim, algo deve mudar dentro de nós.

É necessário empregar a sabedoria das experiências vividas e qualificar nosso tempo.

É uma jornada, uma escolha individual. Eu sei que, na minha trajetória, dignificarei meu envelhecer por meio das ações coletivas. O livro *Mutações*, de Liv Ullman, impactou-me. É o relato de uma mulher, sonhadora, com uma filha, casamentos e desafios para ter sua carreira profissional. É apaixonante a força da palavra "mutação", definida como algo que se quebra dentro de nós, que permite mudança e crescimento. Para mim, mutação significa dor, algo que impulsiona para frente. Retomei o prumo da minha vida após encontro com a Angé e a visita da Clara.

Está na hora de saber o que estou fazendo com meu tempo.

Conviver com o Henrique me fez perceber que o contato entre vizinhos é bem superficial. Adoro ser a *Maria do Condomínio* e estar atenta ao "mundão" de gente que vive ou passa por aqui, preciso dessa convivência, mas gostaria de ter alguma utilidade. Sei o que me incomoda nos vizinhos do 111 e do 113 do Bloco C, mas ignoro suas histórias ou dificuldades. São 144 apartamentos nessas quatro torres. Quem são esses condôminos que passam pelo banco do jardim? Será que como eu, eles simulam a tal cara de paisagem, construindo muros?

Uma vez mais fico frente ao espelho em um monólogo, simulando um diálogo com minha própria imagem. Abrir as janelas para o mundo externo faz bem. Diminui os gritos das angústias internas.

Moro em um apartamento silencioso, que já teve o tumulto de um casal com dois filhos. Estou ilhada em um andar que já teve a Bia como vizinha de porta.

– *Bora lá, Maria, encarar o mundão além desse espelho.*

Sinto-me poderosa, sem precisar recorrer à Alexa.

A Tati me deixa a par de todas as modernidades que, para simplificar, resolvi chamar de *internéticas*. Diariamente sou bombardeada com links para novos aplicativos ou mensagens de atualizações necessárias.

São tantas as informações que é difícil reter essa avalanche de dados.

Tenho a impressão de que, por proteção, lembramos mais dos fatos passados que dos atuais. Nomes, datas se confundem e a cronologia se torna um problema.

Ah, o tempo! Há que se adequar, o ritmo é outro. Após o almoço meu rendimento cai demais, é difícil me concentrar.

– *Alexa, conta uma história...* E a famosa frase do príncipe Hamlet na obra de Shakespeare "Ser ou não Ser" vira "Dormir ou não dormir".

– *Oi, Henrique? Você está ocupado agora? Podemos descer e conversar sobre a proposta do novo regulamento interno do Condomínio?*

Com uma simples ligação, via interfone, rompo a cadeia da procrastinação e desço para uma tarde produtiva, entremeada de um desconforto físico que não tem muita explicação.

Não sei por que temos a tendência (talvez otimismo injetado na veia) de achar que, por já termos uma doença mental, seremos sadios em todo o resto.

Pois é, a vida parece a roda-viva da música do Chico Buarque:

A gente quer ter voz ativa
No nosso destino mandar
Mas eis que chega a roda-viva
E carrega o destino pra lá....
(Holanda, 1967)

Com certeza enfrento meu dia a dia convivendo com os senões de uma doença mental, alguns acham mais bonitinho dizer transtorno mental ou sofrimento psíquico. Aff, já estou eu aqui com sarcasmo, mas fala sério... sofrimento, céus, que "sofrência" é essa?

Eu não sofro, eu transbordo emoções,
cuido delas e me recuso a ser vitimizada!
Pronto, falei!

Além do transtorno bipolar do humor, meu corpo prega peças e me faz correr para hospital: pedras nos rins, dutos biliares entupidos, idas e vindas com obstrução intestinal – *o tal nó nas tripas* – céus, um vai e vem danado. Meu cirurgião até brinca, vamos fazer duas cirurgias em uma, tipo promoção para ganhar tempo e correr menos riscos com a anestesia, abrindo uma só vez e consertando duas coisas? Céus!

#ternura

O apoio imensurável do Zé Luiz, sempre ao meu lado fez parte desse cenário de tantas idas e vindas a médicos e hospitais. Atento, carinhoso, cuidando e amparando.

O envelhecer muda o cenário nas recuperações, tenho saudades daquela pergunta invariável pós cirúrgica:

– Doutor, quando poderemos transar?

O passar do tempo altera interesses:

– Quanto tempo de fisioterapia dessa vez? Vou conseguir comer doce? Poderei beber uma taça de vinho?

Zé Luiz foi uma pessoa incrível. Ofereceu apoio incondicional nas minhas crises de pânico, simplificou e anulou o medo e a vergonha de ter uma doença mental. Sua compreensão e companheirismo foram determinantes no processo de superação das crises e dificuldades.

Ter uma crise de mania ou depressão é algo muito intenso, perdemos o pé e o equilíbrio da situação, ficamos descaradamente dependentes do outro, até para tomar a medicação na hora certa, pois a noção de tempo se esvai.

O destaque na nossa relação: respeito.

Foi cuidador na hora da crise, marido e companheiro, valorizando minha pessoa. O transtorno bipolar foi apenas uma das partes componentes da nossa convivência, tínhamos cumplicidade no enfrentar as dificuldades.

Com os filhos pequenos, quase não saíamos. Na varanda do apartamento nos divertíamos com jantares à luz de velas, ele sempre trazia flores. Romantizávamos os intervalos de cuidado dos filhos. A tal vitrola do nosso casamento ainda estava na sala, mas agora era a vez da fita cassete. Música baixinho, roçar das pernas, olhares convidativos, muita risada. Acho que uma das marcas registradas do nosso casamento foi a capacidade de rir. Lembro de uma música:

> Hoje eu quero a rosa mais linda que houver
> E a primeira estrela que vier
> Para enfeitar a noite do meu bem
> Hoje eu quero paz de criança dormindo
> [ríamos baixinho para as crianças não acordarem]
> Quero ternura de mãos se encontrando ...
> Ah! eu quero o amor, o amor mais profundo
> Eu quero toda beleza do mundo...
> (Duran, 1959)

Zé Luiz tinha ritmo e voz bonita, e acompanhava Dolores Duran. Fomos casados por 50 anos. Sempre comemoramos nossas bodas, alguém ficava com as crianças e o programa era só nosso. Raras viagens, muitos jantares em restaurantes chiques ou algum motel desavergonhado como brincava a Bia. Quantas boas lembranças! Antes dos filhos, loucuras de um jovem casal, beijos escandalosos em público, tipo pera madura, como ele descrevia, amassos nas festas, uma alegria só!

Ter uma vida sexual intensa contribuiu para, a cada ano, consolidarmos uma cumplicidade. Já sabemos como acarinhar e provocar. Depois de uma noite tórrida de paixão, na sala com visitas, Zé Luiz era mestre em mencionar algum detalhe escandaloso, que só eu entenderia, só para ver se eu ficava vermelha.

Os 50 anos de casamento foram repletos de bons e picantes momentos. A intensidade das nossas transas foi acima da média. Foram décadas em uma *voltagem doidona,* como ele brincava.

De forma natural, sem percebermos, os intervalos do ato sexual foram aumentando, mas as carícias permaneceram. Os filmes eróticos, as provocações, reavivavam lembranças das nossas intensidades. Da paixão tórrida para o amor gostoso, o afeto cadenciado e a risada até mesmo num abraço frouxo ou mãos dadas no amanhecer, com memórias e significados de tantos anos de brincadeiras sexuais.

Sim! Os pais concebem filhos sexualmente!
Sim! Os velhos podem ter memórias
e brincadeiras sexualizadas!

É fácil romantizar as lembranças. Mas o tempo não perdoa. Pele enrugada, braços e pernas flácidos, agilidade perdida... como ter tesão assim? Como encarar um ato tórrido que vai nos cansar demais, dar coceira vaginal e atrapalhar o sono? O peido que era ato vergonhoso é incentivado e passa a ser puro alívio! Aff, céus!

Nova realidade, mas com direito a diversão. Lembro de quando ficávamos deitados, lendo preguiçosamente, de mãos dadas ou quando eu fingia arranhar seu braço, era nossa nova definição de sexo selvagem.

#mutação

O contraponto da minha relação com o Zé Luiz foi quando ele adoeceu. Um problema cardíaco inoperável, irrecuperável. Só tínhamos que deixá-lo confortável, o médico nos disse que seu coração era uma espécie de bomba-relógio. Tempos de incertezas e dificuldades.

Fiquei abaladíssima. Todos meus gatilhos estressores se apresentaram. Ele era meu ponto de apoio. Lutei com todos meus demônios, pois aquele momento de ser cuidado era dele. Seu olhar de dor e desamparo me deu forças para ser solidária em tempo integral. Era muita falta de ar e cansaço.

Envolta na alta voltagem desses pensamentos nem percebi que já estava no meu apartamento. Nesse tumulto interno não dá para ficar no banco do jardim.

Comi um dos tais X-Miséria, com a Alexa desfruto de uma seleção musical romântica e, na rede, continuo meus devaneios com o Zé Luiz.

E foi nesse momento que percebi acontecer, novamente, a tal mutação.

Algo eclodiu dentro de mim. Uma ruptura, não de dor, mas de encerramento de ciclo. A certeza de que não há depressão, mas um tempo de luto mais longo – o meu tempo. E que hoje foi superado.

Boas lembranças, sonhos eróticos e carinho da saudade do Zé Luiz ocuparam o espaço da tristeza da perda. O vazio da falta da Bia foi preenchido com outras boas lembranças, alegres, engraçadas, despudoradas.

Ter a consciência da beira do precipício não significa desesperança, mas o discernimento de que enfrentarei algo desconhecido, em um tempo incerto. Resta saber como lidar com isso. E Milton Nascimento entra com sua música *Maria*. Tenho certeza de que o Universo está dando seu recado solidário através da Alexa.

– *Alexa, aumenta o som!*

> Mas é preciso ter força, é preciso ter raça
> É preciso ter gana sempre
> Quem traz no corpo a marca
> Maria, Maria mistura a dor e a alegria...
> (Nascimento, 1978)

É preciso ter um propósito de vida para seguir nesse caminho do envelhecer. Mais do que desafios pela frente, chatices. A fragilidade abre a porta para os gatilhos e as dores físicas aumentam consideravelmente, a intensidade depende das oscilações de humor, tão próprias da bipolaridade. Tenho consciência disso, mas não consigo avisar meu corpo para não reagir com tanta veemência.

Boas energias multiplicam bons momentos, até mesmo nesse cotidiano atual, entremeado de sustos, idas ao médico, exames a realizar. Dia desses, eu estava com seu Anacleto, tentando encontrar um motorista de táxi conhecido, para me conduzir ao laboratório, pois precisei fazer alguns exames que exigem acompanhante. Eu havia dispensado a Fabíola e a Tati, pois sabia que estariam ocupadas nesse horário. Nesse momento, Henrique passava por ali:

– *Bom dia! Tudo bem, por aqui? Está precisando de algo, Maria? Posso ajudar?*

Antes que eu pudesse agradecer e dispensá-lo, seu Anacleto já contou a minha dificuldade. Prontamente meu vizinho me acompanhou. E, assim, Henrique e eu demos um passo adiante em nossa amizade.

Ver o outro, ao nosso lado, no dia a dia é uma descoberta. Aos poucos, libertei-me das saudades e me concentrei na minha vida. Essa que ainda pode e deve ser vivida. O gesto solidário, de me acompanhar ao laboratório, transformou-se em apoio entre duas pessoas sozinhas no mesmo condomínio, com interesses e eventos comuns, rompeu as barreiras da moradia para formarmos um trio muito interessante com a Clara – idas ao teatro, exposições e conversas sobre livros e viagens. Passamos a desfrutar de *tertúlias filosóficas* como Henrique denominou.

É incrível saber desfrutar das modernidades: compras online de supermercado, farmácia, verdureiro, padaria. Cada dia, descubro novas funções da Alexa, que agora pode até ler um livro, fazer lista de compras, além de falar do tempo ou dar as notícias. As amigas brincam que exagero nessas novidades, mas como elas facilitam nosso dia! Quem não se emocionou com aqueles aspiradores leves, sem fio, que nos livraram daqueles trambolhos infernais com tubos e fios arrastando pela casa?

Difícil é lidar com tanta senha, links, acessos e aplicativos. A memória está em descompasso. Há uma desconexão entre o meu pensar e a capacidade de me expressar. Quantas vezes sei descrever detalhadamente um tipo de legume, mas não lembro o nome? Beterraba, quiabo, por exemplo – eu os visualizo mentalmente, sei o que são, mas não consigo verbalizá-los.

Faço questão de utilizar as modernidades. Ter metas, propósitos. Recuso-me a ser vítima. E à medida que reajo, novas possibilidades se abrem. Nessas escolhas, algumas certezas: ter um objetivo garante nossa caminhada. Amizade é algo fundamental para nossa saúde mental. O apoio de pares – como designamos hoje aquele apoio fraterno e solidário – estabiliza.

Envelhecer dói, é uma chatice.
Mas faz parte da trajetória da vida de cada um de nós.

Quantos temas tabus são evitados nas conversas! Envelhecer é automaticamente associado à morte, é necessário prorrogar ao máximo uma juventude que não existe mais. A doença mental é associada à agressividade ou à deficiência mental, melhor nem comentar.

Para ser Maria, assumo as dificuldades do envelhecer: estou mais vulnerável e com menor recuperação. Duas noites de insônia não me afetavam, hoje, desestabilizam o ritmo do dia. Preciso lidar com o sentimento de desamparo da tal *fila que está andando* – amigos e familiares queridos estão morrendo. Hábitos e rotinas de décadas desaparecem.

Me assusta a solidão, o deixar de ter voz.

Há exemplos de pessoas próximas que necessitam de cuidados, familiares ou profissionais. Acompanho algumas de perto, é algo muito intenso, pois esses cuidadores nem percebem que são impositivos e não respeitam seus hábitos. Geralmente os tratam como crianças, com diminutivos ou falando alto.

Velho e doente mental, então,
ficamos invisíveis, destituídos de nossa integridade...

Na minha idade, a aceitação de uma doença é mais fácil. É uma realidade há tempos trabalhada. Mas lidar com a finitude não é simples. As oscilações de humor contribuem para que seja um desafio nesse momento. Acho que aceitar a doença, já facilita aceitar o envelhecer, apesar de ser sempre um susto, o estar à beira de um precipício.

Eu sei o que houve na minha trajetória de vida.
Mas não sei o que será, não leio o futuro.
Assusto-me.

Um dos maiores aprendizados da vida é lidar com a doença mental. O tratamento pode trazer sequelas e intolerâncias com a idade. Hoje já estou bem mais estabilizada, meus faróis internos preveem as crises e me ajudam a enfrentá-las. Com o tempo, aperfeiçoei o autocuidado.

Me sinto privilegiada – consegui pôr minha doença mental no devido lugar.

Encarando este meu tempo – o do envelhecer – com as impertinências, altos e baixos que me são próprios. Mas ainda tenho uma vida social, amizades e apoios concretos. Tenho dois filhos e uma neta que, com certeza, posso contar. E o mais importante é que tenho sonhos a realizar, metas a concretizar.

Pratico o esperançar na plenitude dos meus 77 anos. É possível, sim, viver com todas essas chatices. Há muita coisa para acontecer e ser contada.

Sou múltipla Maria, a do Condomínio, Otimista, Itamarati, Resiliente, em permanente mutação.

Referências

Arantes, A. C. Q. (2019). *A morte é um dia que vale a pena viver.* Sextante.

Arantes, A. C. Q. (2021). *Pra vida toda valer a pena viver.* Sextante.

Blanco, B. (1959). *Piston da Gafieira.*

Djavan (1996). *Sorri* (versão *Smile*).

Duran, D. (1959). *A noite do meu bem.*

Costa, G., (1969). *Meu nome é Gal.*

Holanda, C. B. (1967). *Roda Viva.*

Lee, R. (1980). *Ôrra Meu.*

Lenine, (1999). *Paciência.*

Lins, I., (1985). *Vitoriosa.*

Meireles, C. (1982) *Cânticos.* Moderna

Nascimento, M. (1978) *Maria, Maria.*

Seixas, R. (1983). *O carimbador maluco.*

Ullmann, L. (1978). *Mutações.* Nórdica.

Vandré, G. (1979). *Caminhando.*

Agradecimentos

Criar este romance ficcional só foi possível com o incentivo e o sólido apoio do meu marido Francisco que, em sua amorosidade, foi filtro e guardião do tempo de trabalho.

Houve troca de ideias, conversas e brincadeiras com LEO, meu mano Carioca. Foi com ele que acertei o rumo deste desafio ficcional, que falei das minhas inseguranças de roteiro e foi dele que recebi o apoio e sugestões de criação de personagens e peripécias.

Tive incríveis colaboradoras que com relatos de situações reais, permitiram-me transportar seus sentimentos para o mundo ficcional. Muito obrigada Roberta Freire, irmã de alma, parceira de magia e perdas, sobrinha Renata Pelosi, médica incansável em tempos de pandemia, prima Yeda Berao com sua incrível história de vida.

É uma honra ter o querido amigo, psiquiatra Luis Justo como autor do Prefácio – incentivo instigante para desenvolver o conteúdo desta ficção.

Tive a alegria da colaboração dos filhos, Francisco, meu Chico, responsável pela criação da capa, tem a magia de ler meus pensamentos e transformá-los em arte. Caetano, acompanhou a criação da capa junto com LEO e escolheu a foto do banco de jardim, de sua autoria, tirada no Holkham Park, UK (2022). É dele o acerto da minha foto. Mariana com o olhar para referências, autorias e para quem opta pelo e-book.

Descobri Mireille Bellelis por indicação do Luis Justo. Rever o livro, ao seu estilo de leitura conjunta, levou-me por caminhos incríveis como autora. Mais que correção de texto, um encontro entre leitora e autora.

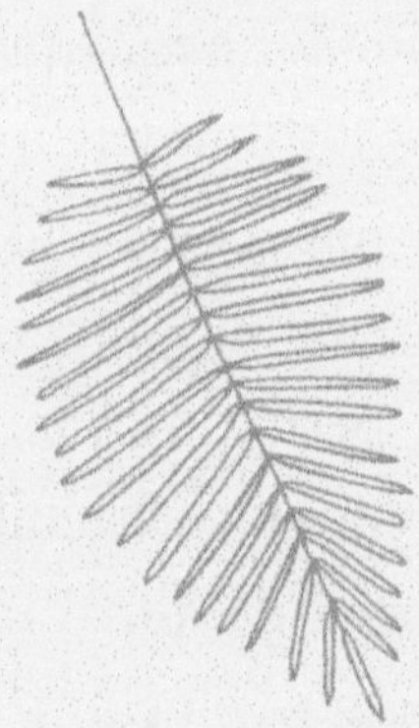

Conheça meu trabalho

Site de conteúdo e acolhimento em saúde mental:
www.cristinaoliveira.org

Site de histórias infantis – aventuras, magias e viagens sob o olhar infantil: www.estoriasdiferentes.com.br

Canal de Podcast *Saúde Mental Vivências*:
Spotify, Apple Podcast, Arquivo das quatro temporadas:
www.cristinaoliveira.org/saude-mental

Livro:
Sou mais que a minha doença – Sonhos, desafios e superação
www.cristinaoliveira.org/livro

Rede Social:
Instagram: @cristinaoliveiraprojetos
Linkedin: www.linkedin.com/in/estoriasdiferentes/

contato@cristinaoliveira.org

Vermelho Marinho